致 谢

感谢马尔科姆·哈特（Malcolm Hart）为预测五千万年后地球上的鸟类提供帮助，感谢约翰·奥茨博士（Dr John Oats）为本书提供意见和建议。

作者和出版商向本书插画作家迪兹·沃利斯(Diz Wallis)、约翰·巴特勒(John Butler)、布赖恩·麦金太尔(Brian McIntyre)、菲利普·胡德(Philip Hood)、罗伊·伍达德(Roy Woodard)和加里·马什(Gary Marsh)致以诚挚的感谢。

所有的插图都是基于作者的原始草图和设计创作而成。

序　言

　　看到本书时，我真希望这是我自己写的，它把一个了不起的主意非常漂亮地呈现给了读者。许多年前，那时我还是个年轻的动物学家，我就开始设想虚构的生物，画出来，涂上颜色。那是我在科学研究之余一项愉悦的调剂。从现实的周而复始中解脱出来，展开天马行空的想象，巨怪微虫、奇花异草，什么颜色、什么形态、什么大小都行，只需依照我自己的法则进化发展，完全由我的想象做主。我把它们叫作我的生物图谱，而它们对我来说就像大自然里的动植物一样真实。

　　杜格尔·狄克逊显然也和我类似，虽然他想象的生物和我想象的相去甚远。他不是设想出一种似乎发生在另一个平行世界的进化，而是根据地球上的现存物种，设想未来的进化发展。挥动时间魔杖，把当前包括人类在内的优势物种抹去，于是，他就可以通过思维之眼，观察现在处于劣势的动物逐渐接管整个星球……

　　他所设想的场景发生在遥远的未来——大约5000万年之后，这为他描述的全新动物王国里的成员进化出与现今截然不同的身体结构和行为留出了充足的时间。与此同时，他的创造也没有太过于天马行空，而是谨慎小心，反复斟酌。他创造出的每一种动物都能让我们学到关于已知进化历程的重要一课，让我们深入了解已知动物进化过程中的适应性、特化性、趋同进化以及辐射进化等等。通过向读者展示这些真实进化过程中的虚拟案例，他的书不仅读着有趣，也具有真正的科学价值。书页上的这些动物或许是虚构的，但它们却生动形象地展示了全面的生物学原理。他在妙趣横生的想象和严肃的科学规律之间找到了完美平衡，这让他的书获得了巨大的成功。他创造出的生物如此真实可信，绝非廉价科幻小说里的荒谬怪兽。

　　阅读这本精彩绝伦的好书，唯一的风险是，一想到书中细致描绘的那些动物并不存在于现今的世界，过于投入的读者可能会为此大为神伤。每每翻开书页，我个人就有一种非常强烈的感觉：要是能来一次探险，举着双筒望远镜，真切地看到它们在现今的地球上生活，那该多好啊！而这，也许也是我对本书的最高赞美了。

德斯蒙德·莫里斯
（Desmond Morris）

作者序

进化是一个逐渐改善的过程。因此，现今的动物、植物以及它们之间的相互联系已经如此完美：植物、食草动物、食肉动物之间保持着微妙的平衡，长颈鹿的脊椎承重结构精巧无比，猴子的灵巧脚掌既利于攀爬又便于抓握，鼓腹咝蝰颜色灰暗得能隐匿在森林地表的枯叶之中，如此种种，不一而足。几乎不可能试图把这一切都投射到未来，因为，完美之上还能如何改进？

然而，有一种趋势定然可以预见：人类会对精妙的自然平衡造成毁灭性的影响。这并不是什么极端又不合常理的推断，人类已经导致许多珍稀物种灭绝，而且对自然环境造成了巨大破坏。人类灭亡之后，进化本身会出来收拾残局，修复人类留下的疮痍。而所用的修复材料，就是那些即使有人类存在，也依然活得很好的动物，或是说，正因为有人类存在才活得很好的动物。它们就是被人类认为是害虫、害兽、害鸟的生物，它们会比人类存在得更长久，其生存能力比那些人类为了满足自身需求而杂交改良培育出来的家畜更强。未来，我们任意说个时间吧，比如 5000 万年之后，它们会进化出一个全新的动物体系。我借助这个未来世界的动物体系阐述了一些关于进化和生态的基本原理。这是基于事实基础的推测，但并非确切的预测，仅仅是一种对于未来诸多可能性的探索。

如同穿越时空，来到未来世界，跟随时空旅者周游世界，并研究彼时的动物群落。这位旅行者拥有关于现代动物的知识，所以当他描述类似的动物时，能举出我们现在熟知的动物进行对比。他的报告用现在时写成，如同写给那些同样穿越时空，正准备一探究竟的人们。

坐稳了，即将穿越时空的朋友们，请一起欣赏我们星球上生命进化的壮观景象和精彩表演吧。

杜格尔·狄克逊
（Dougal Dixon）

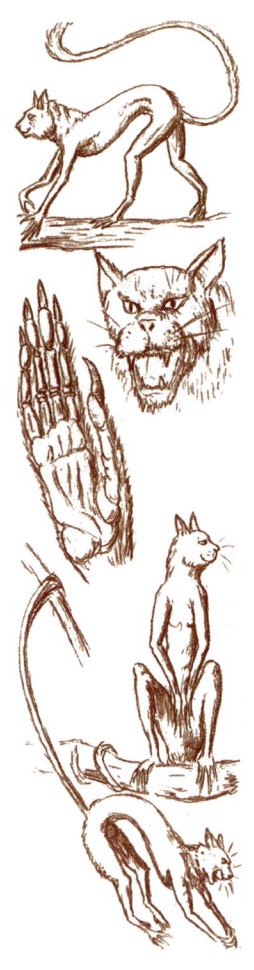

这几页上的草图选自作者的手绘作品。插画家据此为本书绘制了插图。

目　录

第一章　进　化　1
细胞遗传　2
自然选择　6
动物行为　10
形态和发育　14
食物链　18

第二章　生命的历史　22
生命起源　23
早期生命　27
爬行动物时代　31
哺乳动物时代　35
人类时代　39

第三章　人类之后的生命　43
人类消失之后的世界　44

第四章　温带林地和草原　47
兔　鹿　49
捕食者　52
林下生物　56
树栖动物　59
夜行动物　62
湿　地　65

第五章　针叶林　69
植食性哺乳动物　71
猎手和猎物　74
树栖动物　78

第六章　苔原和极地　83
迁徙的动物　85
极地鼠及其天敌　88
极地海洋　92
南大洋　95
山　地　98

第七章　沙漠：干旱地带　103
沙漠居民　105
大型沙漠动物　109
北美沙漠　113

第八章　热带草原　117
食草动物　119
平原巨兽　123
食肉动物　126

第九章　热带森林　131
树冠层　133
树栖生活　137
森林地面　139
水中生活　143
澳洲森林　147
澳洲森林地表　149

第十章 岛屿和孤岛大陆   153
  南美洲的森林   155
  南美洲的草原   159
  利莫里亚岛   162
  巴达维亚群岛   166
  帕考斯群岛   169

第十一章 未 来   173
  生命的宿命   174

附 录
  术语表   180
  进化树   184

  关于作者   186
  参考书目   187
  参考资料   188

第一章
进 化

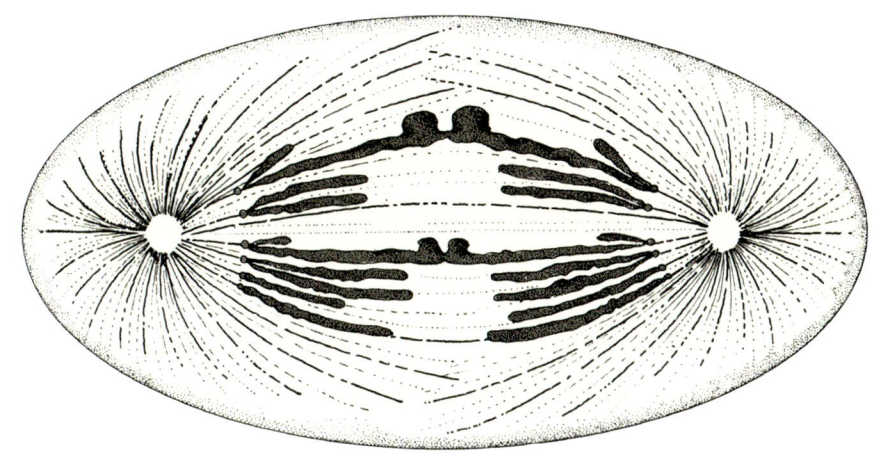

此处展示的是一个正在进行自我复制的细胞。细胞是所有生命的基本单位。有性生殖中,细胞无尽的变化能力构成了生物进化的根基。

地球生命的千姿百态都可以归结于进化和环境两个因素的作用。对于进化的研究主要探索了生命如何起源,如何走上不同的道路,以及如何分化出不同的物种。而对于生物所处环境的研究,也就是生态学,则揭示了生物之间如何相互影响,以及生物与其生存环境之间如何相互作用。换句话说,可以认为进化是对地球上生命的纵向研究,生态学则是横向研究。这两者又彼此密切相关,不可能完全分开研究。

虽然无论是进化还是生态,我们都在讲述生存,但也不要忘记灭绝的重要性。没有灭绝,就没有进化发生的空间。没有灭绝,就没有新的生态位空白,大自然就没法从旧的动植物谱系中进化出新的物种来填补空白。不论是从化石记录,还是从现生动植物包含的证据来看,进化都实实在在地发生过。对化石的研究揭示了进化从简单到复杂的总趋势,以及环境在进化中对生物体的形塑作用。而现生生物在形态结构、胚胎发育和化学成分上的相似性则有力地证明了,不同的生命体有着相似的进化史或是共同祖先。进化并不只是一个过去发生的、建立了当今动植物生态的过程，而是个一直在持续进行的过程。我们既可以通过过去留下的化石证据对其进行研究，也能通过进化结果反推。进化发生过，现在正在进行，也必将持续下去，只要我们这颗星球上还有生物存在，进化就永不停歇。

细胞遗传

动物和植物都由一个个微小的"砖块"堆叠而成，这个小"砖块"就是细胞。即便在同一个生物体内，不同器官、不同组织里的细胞大小和形状也千差万别——骨头里的细胞有棱有角，肾脏细胞是球形的，神经细胞则又细又长。但是，所有细胞的结构都相似：外面都包裹着一层薄膜，也就是细胞膜；细胞膜内部是凝胶状的细胞质。细胞质里还有许多微小构造，即细胞器。细胞中央是最重要的细胞核，保存着生物体的整套遗传信息。

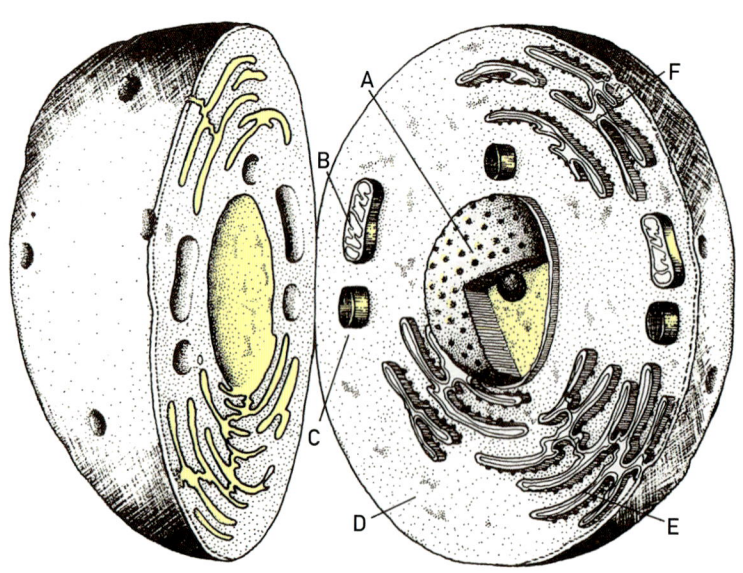

大多数动物细胞的结构基本相同。细胞中心是细胞核（A），遗传物质就位于细胞核中。负责产生能量的线粒体（B）和负责分泌化学物质的溶酶体（C）则更靠近细胞质（D）表面。核糖体（E）是蛋白质的合成场所，核糖体周围错综复杂的膜结构被称为内质网（F）。

遗传信息以密码的形式保存，体现为复杂分子脱氧核糖核酸（DNA）内部的一串序列。DNA 分子的外观像纵向旋转扭曲的梯子，梯子两边是糖—磷酸链，每个横档是一对核酸碱基。碱基只有四种，但它们在梯子内的排列顺序却包含了构筑整个生命体的信息。虽然生物体内的每个细胞都含有一套完整的遗传信息，但建造某个特定的器官却只会用到其中的一部分编码。

DNA 分子的独特之处在于能够自我复制。开始复制时，DNA 分子解开螺旋，沿着长轴一分为二，每一半都含有一根长轴和半根横档。每个细胞核中含有一系列从食物中得来的糖—磷酸基团，这是把缺失的半架梯子补充完整的原料。梯子补全后将形成两个新的 DNA 分子。由于单链上的四种核酸碱基都只能和特定的碱基配对，所以新形成的两个 DNA 分子必然一模一样。这是细胞增殖过程中最重要的部分，也是整个生物生长的基础。

此外，生物的生长还需要蛋白质。不管是搭建生物体结构的胶原蛋白，还是辅助进行某种特定反应的酶，蛋白质都不可或缺。尽管蛋白质的合成是在细胞核外进行的，但合成过程受 DNA 控制，在某种程度上类似于 DNA 复制。DNA 是蛋白质合成的控制中心，核糖体是生产车间，把 DNA 的指令传递到核糖体的信使是一种被称为 RNA（核糖核酸）的分子。RNA 分子沿着 DNA 解开螺旋的部分合成，它和解开螺旋的 DNA 片段只有细微的差别。信使 RNA 到达核糖体后，与另一种携带氨基酸的 RNA——转运 RNA 连接到一起。蛋白质就由这些氨基酸组成。RNA 分子仅仅负责运送遗传密码，确保氨基酸以正确的序列组成所需的蛋白质。就这样，DNA 分子控制了整个细胞，进而控制了整个生命体。

细胞核中的 DNA 分子聚合为一种被称为染色体的结构。DNA 分子中一段段特定的核酸碱基序列，代表了生物的某种特征。这样的一段段碱基序列就是基因。生物细胞中的染色体一半来自母亲，一半来自父亲，染色体上的基因也是如此。为此，细胞分裂时要进行染色体配对，也就是染色体成对排列，来自母亲的染色体和对应的来自父亲的染色体对齐，这样相同的基因就对到了一起。虽然来自双方的基因都能决定性状，但是后代通常只表现出其中一个基因决定的性状。

生殖过程中，生殖器官会形成一种特殊的细胞——配子，也就是精子或卵子。

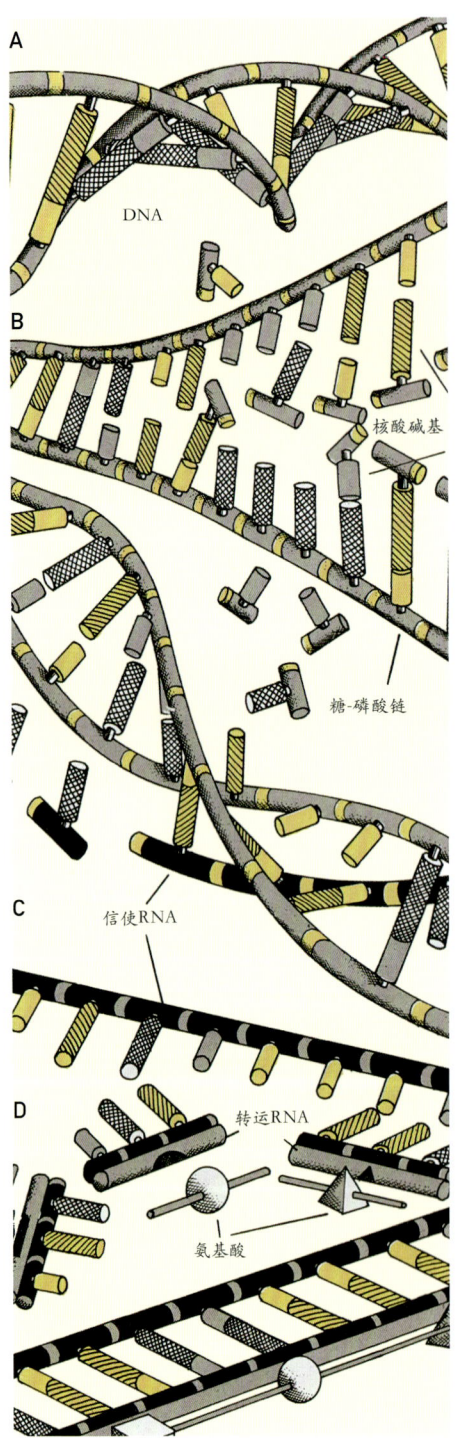

配子只包含普通细胞一半数量的染色体。每对同源染色体都会有一个进入配子，不过，却没有任何一条染色体会与当初从父母那里接收到的完全一致，而是变成了二者的混合。配子染色体的这一特点正是自然界中同一物种的不同个体会出现差异的主要原因。通过受精过程，配子和来自另一个个体的配子结合，形成完整的细胞，染色体数目又恢复了正常。之后，受精卵分裂、成长，变成一个继承了来自父母双方遗传特征的新个体。

简单地说，依靠这种复杂的机制，动植物得以繁衍，能够把自身独特的性

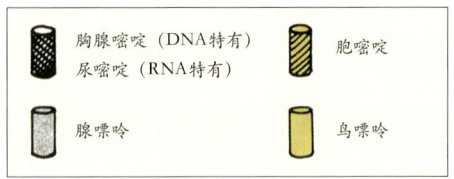

细胞分裂过程中，当新细胞形成时，DNA(A)解开螺旋，沿着解开的一端（B），用细胞核中的核酸碱基和磷酸糖形成两个新的DNA分子。合成信使RNA时，DNA部分解开螺旋（C）。合成RNA的材料和DNA基本相同，只是糖磷酸骨架略有不同，其中一个核酸也被替换掉了。信使RNA到达核糖体，与另一种RNA——转运RNA连接到一起，转运RNA搬运氨基酸（D）。信使RNA确保转运RNA以正确的顺序连接到一起，从而排列出正确的氨基酸链，形成所需的蛋白质。

状一代代地传递下去。而进化之所以能够发生，也是得益于生殖过程中基因上的些许小变化，或者说是变异。基因发生变异，从含有变异基因的细胞发育而来的生物体就会出现特征变化。在大多数情况下，变异是有害的，变异的个体在竞争中处于不利地位，生物体死亡，突变的基因也随之消亡。但是，变异的基因偶尔会产生有利于生物生存的性状。

有性繁殖使得基因组成多种多样，基因组成的多样性又使得同一个物种内不同个体存在一系列不同的性状。在自然选择的作用下，一些有利于生存的性状被保留下来，而不利于生存的性状则被淘汰。因此，人们认为自然选择是进化的"方向盘"。

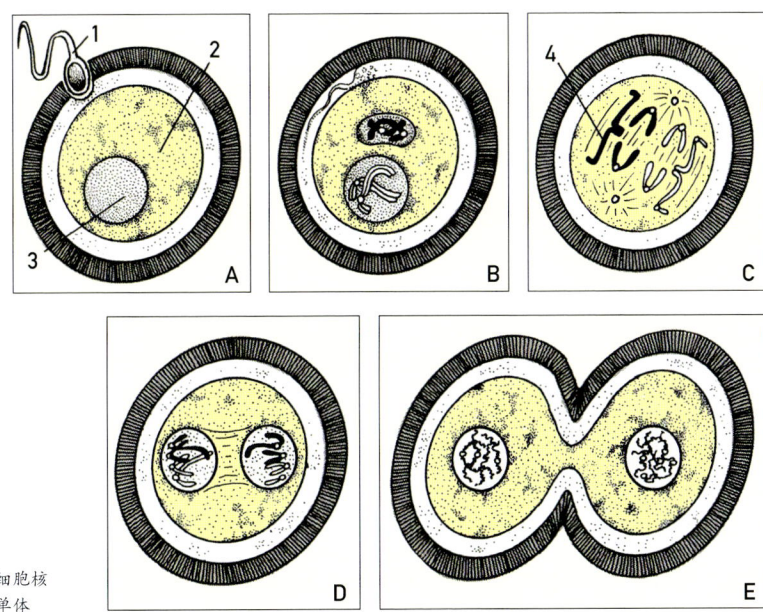

受精：
1 精子
2 卵子
3 卵子细胞核
4 染色单体

精子穿透卵子（A），来到卵子的细胞核旁（B）。精子和卵子的每个染色体都逐渐分裂成为两条染色单体。相对应的染色单体分别移动到卵子的两端（C），被核膜包裹起来（D），之后分裂成为两个单独的细胞（E）。

自然选择

生存环境带来的自然选择对生物种群有三种不同的影响：稳定作用、趋向性作用或是分化作用。稳定影响出现在环境条件长时期保持不变时，在这种环境下生活的动植物已经达到了较好地平衡，如果出现变化则是不利的。这种情况下，动植物身上发生任何改变都会导致它们从简洁、高效、由来已久的生存模式中脱离出来，让自身处于劣势，最终导致灭绝。而其他更为保守的个体却能生存下去。在很长一段时间里都处于稳定的自然选择之下的动物，与有着相似祖先却经历了重重变化的动物比较起来，看上去要更加原始，也不那么特化。通常它们都具有一些被动生存机制特征，比如用厚皮重甲或高繁殖力来抵消捕食者带来的损失。

而当环境自身也在变化的时候，自然选择的趋向性就会更加明显。在这种情况下，进化甚至让人觉得是沿着设定好的路径向着某个目标进行的。这其实并不正确。之所以会产生这种错误看法，是因为在一个进化序列中，新近的物种比早期的物种表现出更好的环境适应性，早期物种就像是半成品，进化得不完全，其实，它们实际上非常适应当时的环境。马的进化就是这样一个例子。随着环境从森林渐渐变成开阔草原，一种生活在森林里吃嫩叶的矮小动物进化成了高大腿长善于奔跑的食草动物。在整个进化历史中，环境持续不断地选择原始马产生的、能够有效应对环境变化的微小变异，就这样，进化出了现代马。

当新环境产生，提供一系列新的食物来源和生存空间时，自然选择就表现出分化作用。进入该环境的动物物种很可能会进化出不同的形态来适应每一个生存空间，或者说生态位。在没有其他动物与之竞争的情况下，这些不同的形态最终会发展成全新的物种。当大洋深处火山爆发，一个小岛或是群岛浮出水面，就会发生这样的情况。动物慢慢占据荒岛，慢慢进化成不同的物种，把整个区域充分有效地利用起来。太平洋加拉帕戈斯群岛就是一个分化进化的典型例子。在该群岛历史早期，一种小型地雀抵达了这里，之后进化出了各种不同的形态，有树栖、捕食昆虫的，有鸟喙巨大吃种子的，还有吃仙人掌里的穴居蛴螬的。地雀进化出的大量物种反映了岛上存在着众多可利用的生态位。

也经常出现有趣的鸟类种群。最典型的是笨重的不会飞的鸟，如新西兰的恐鸟、毛里求斯的渡渡鸟以及马达加斯加的象鸟。这些进化都发生在缺少地面捕食者的地方。茫茫大海有效阻止了到达海岛的个体与大陆上原种群之间的交配繁殖，而这种隔离正是进化出新物种的必要条件。

不同种或亚种经常共存于同一地区，利用稍有不同的环境或食物来源，但是保持着相互交配繁殖的能力。甚至可能形成从一个地区延续到另一个地区的亚种链，每个相邻的亚种都能互相交配，两端却已经是不同的物种，这叫作一个渐变群或是梯度变异。有时，渐变群会呈环形，例如围绕某个山脉的渐变群。在这样的渐变群中，两端的两个成员虽然彼此相邻，但是却已经完全不同，形成了生殖隔离，实际上已经算是完全不同的两个物种了。可这样就造成了分类学上的问题。既然相邻的成员之间都不存在生殖隔离，那么严格来说，这一串物种都只能算作是同一个种的不同亚种。

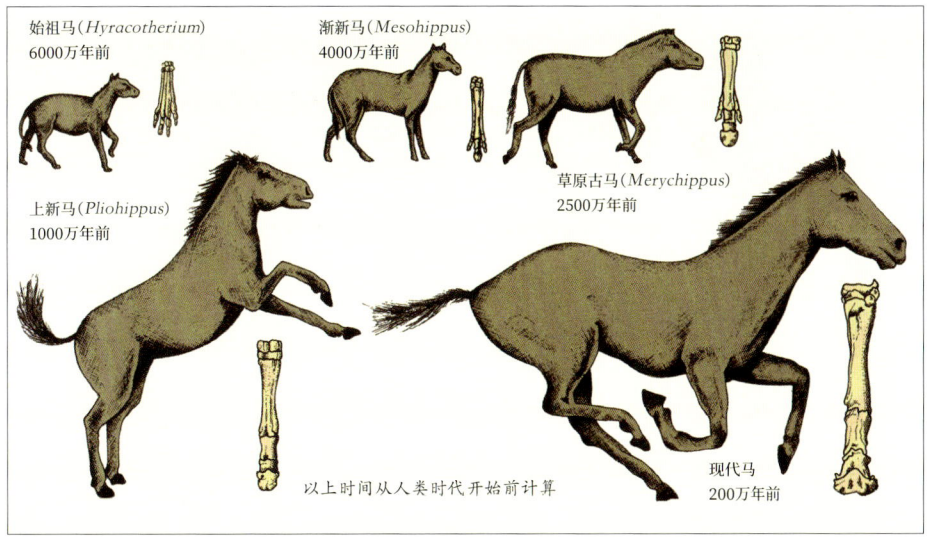

马的进化过程是动物适应环境变化的典型案例。我们已知的最早的马——始祖马（*Hyracotherium*）是一种兔子大小的动物。6000万年前，地球上广布热带森林，始祖马以柔软的叶子为食，在热带森林的底层蹦跳奔跑。随着全球气候变化，森林退缩，草原扩大，始祖马的后代们只有一部分能够继续兴旺繁衍。而这些后代已经发生了变化，它们能在开阔平原上迅速奔跑，能够应付不好消化的新食物——草。始祖马的后代进化出了许多形态，直至变成了我们今天所见的雄壮美丽的马匹。

一旦一群生物从原种群中被隔离出来，随着进化发展，即使隔离的障碍消失，它们再回归原种群，可能也无法再和原种族的生物交配繁殖了。于是，在定义上，它们就是两个不同的物种了。如果隔离所在区域是这种生物不适应的环境，那么和原物种的差异将会更大。隔离出来的这群生物将会很快消失，除了一些极端的个体也许能够表现出一些轻微的对环境的适应能力。这些个体的运气很好，拥有

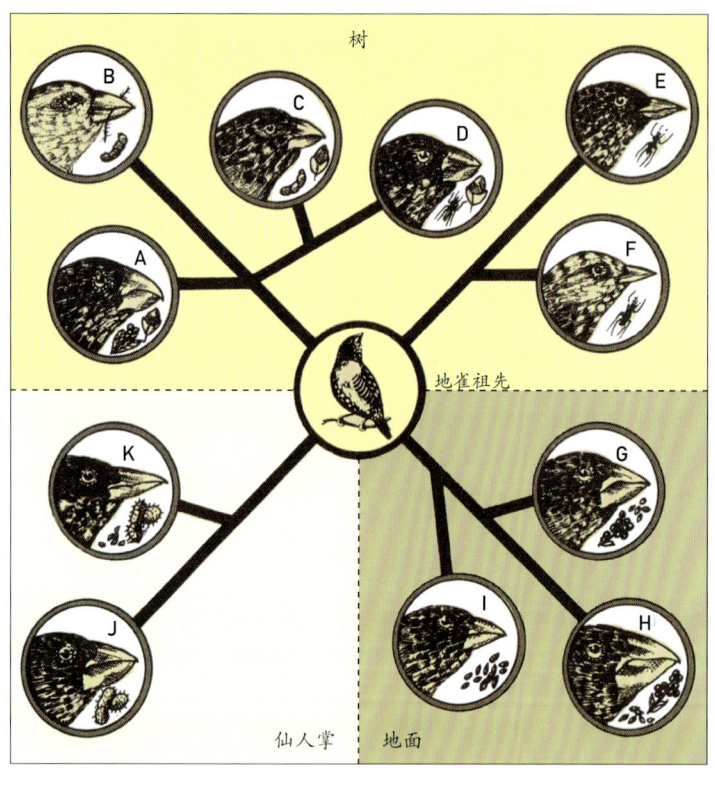

A 食芽树雀（*Platyspiza crassirostris*）
B 红树林雀（*Cactospiza heliobates*）
C 小树地雀（*Camarhynchus parvulus*）
D 中树地雀（*Camarhynchus pauper*）
E 科科斯岛地雀（*Pinaroloxias inornata*）
F 加岛绿莺雀（*Certhidea olivacea*）
G 中地雀（*Geospiza fortis*）
H 大地雀（*Geospiza magnirostrix*）
I 小地雀（*Geospiza fuliginosa*）
J 大仙人掌地雀（*Geospiza conirostris*）
K 仙人掌地雀（*Geospiza scandens*）

原始地雀从南美洲来到加拉帕戈斯群岛之后，进化出了大约15个独立物种，填补了岛上的空白生态位——每个物种都特化到专门对应一种食物。根据栖息环境的不同，地雀大致可以分成三个类别：生活在仙人掌上、树上和地面。它们之间的主要区别在于喙的性状不同。最初岛上可能鸟类稀少，因此，地雀得以进化出适合岛上所有环境的形态。

更适合生存的基因。然后接下来，该物种的发展就会沿着小部分能够适应环境的个体的方向走下去。

生物具有无限的可变性，而且当身处不稳定的环境中时，自身有变化的倾向。快速变化的环境中新物种会形成得更为迅速。进化非常有效率，生态位总会被新的物种占据，绝不会空闲很长时间。

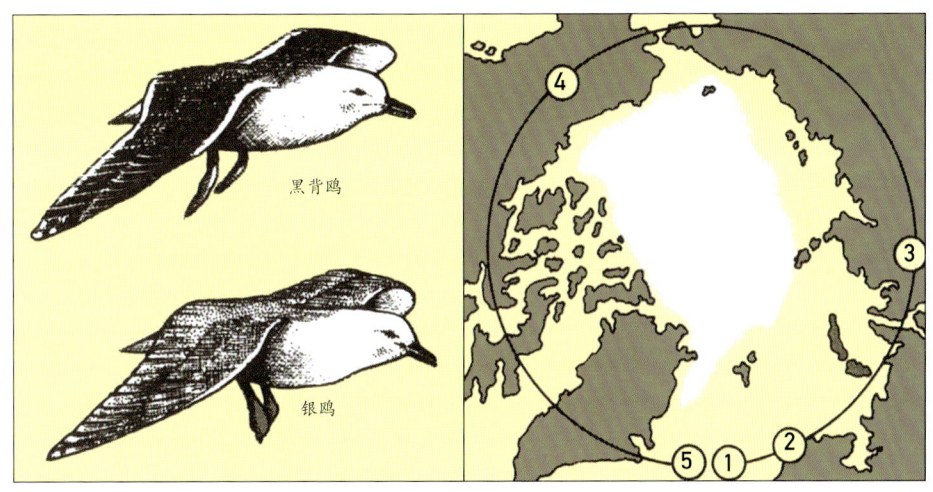

①英国小黑背鸥（*Larus fuscus graellsii*）
②斯堪的纳维亚小黑背鸥（*Larus fuscus fuscus*）
③西伯利亚银鸥（*Larus argentatus vegae*）
④美国银鸥（*Larus argentatus smithsonianus*）
⑤英国银鸥（*Larus argentatus argentatus*）

在人类时代，环绕北极有一系列亚种，或者说是一个渐变群，两端分别是英国小黑背鸥（*Larus fuscus graellsii*）和英国银鸥（*Larus argentatus argentatus*）。这个环内所有相邻的物种都可以交配繁殖，只有位于端点的成员除外，因为当链条闭合的时候，它们之间的亲缘关系已经太远了。

动物行为

进化不涉及生物自身的意志。进化的产生既不是环境迫使生物去适应，也不是动物把学到的技能传递给下一代。进化只发生在生物体基因的某些特征被环境的某些特征所选择或淘汰时。这里提到的环境，既是指该种生物周围的物理条件，比如地形、温度、降雨量，也是指周围与其共存的其他生物。

进化的速度与基因变异的发生速率没有什么关系，影响进化的重要因素是环境的变化速度，新的路径以什么样的速度开辟，新的形态就能以同样的速度进化发展出来。从1977年到2005年，人们观察到加拉帕戈斯群岛大达夫尼岛上的地雀随着气候变化和竞争者的到来，鸟喙的形状出现了变化。在仅仅28年的时间里，变化就大到几乎形成了新的物种。

细胞的基因组成不但会使动物在形体上表现出某些特征，还会让动物产生一些行为特点，从而和邻居们交流，和环境互动，来保障自己的生存。

有种看法认为，生物体的作用仅仅只是把遗传基因传递给下一代。从我们观察到的动物的行为方式可以为这一看法找到证据。行为，简单地说，就是动物对环境的动态反应。行为和繁殖、发育一样，都是生物之所以能够被称为生物的特征之一。

当老鹰出现的时候，鸟儿就挤在一起，让老鹰抓到某只鸟变得更加困难。捕食动物速度更快时，逃跑的食草动物就会躲闪，坚持到猎食者筋疲力尽。雏鸟紧紧跟随母亲，直到它们长大能够保护自己。于是，各种行为动作就这样进化成了辅助生存的能力。如果一个基因带来的行为方式对物种的生存繁衍没有帮助，它很快就会被淘汰掉。

求偶仪式是行为中非常复杂的一个类型。鸟类在求偶舞蹈中的精确舞步，或是蜥蜴接近潜在配偶时的头部摆动，都向未来伴侣展示出它们已经做好了繁衍的准备，而且它们也是和这位伴侣属于同一物种的正确选择。后者非常重要，因为虽然相近的物种也可能产生后代，但是这种后代却没有生育能力。从进化的角度来看，后代没有生育能力的交配完全是浪费时间和精力，因为基因并没有被成功地传递下去，这种交配必须要避免。

这些行为都来自遗传的本能。另外一些行为则是通过学习得来的，但追根溯源，也是由动物的基因组成决定的。通过试错，建立正确的行为；或是通过周围的例子来学习，都是基因赋予动物的能力。

攻击行为比表面上看起来的更为复杂。你也许会问：如果攻击的目的是去除竞争者，那么每当有冲突发生的时候，动物不就应该打个你死我活吗？问题的答案可能是：除了争斗过程中的明显风险之外，既然某只动物不可能杀死所有的竞争者，那么只杀掉个别竞争者，虽然对它自身有好处，但却同样帮助了其他竞争者。大多数情况下，动物世界中的战斗都是以模拟战争、进攻表演的方式进行的，对参与的个体不会造成实质性伤害，只决出谁占据主导地位。这样，获胜的动物就达到了目的，得到或是维护了有争议的资源，而且免于受伤。失败者也有好处，它逃脱了严重受伤的命运，还保留了竞争未来可能出现的资源的能力，那时它可能就是胜利者了。我们很难发现这种策略是如何学习到的。很可能，这是进化发

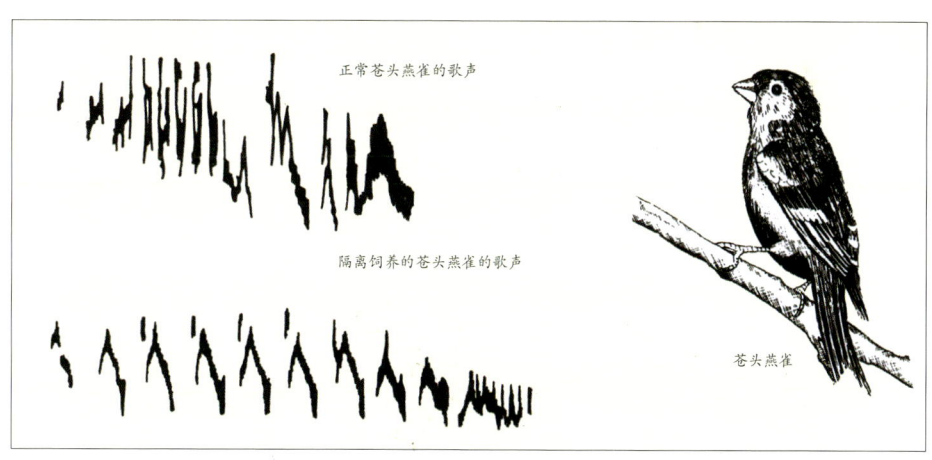

对苍头燕雀（*Fringilla coelebs*）鸣叫的调查研究展示了学习在动物行为中的作用。如图中声谱图所示，隔离饲养的苍头燕雀只会唱一种基本的曲调，它们需要先听野外其他同类的歌唱，叫声才能变得复杂多变。

展的产物。那些采取了这种方式的动物更有可能繁殖后代，所以和这种行为方式有关的基因就比其他不那么成功的行为方式对应的基因传递下去的概率更大。

在动物界中，行为方式是为了保证基因能够传递下去，而不是为了保障个体的生存。因为近亲属间会有大量相似的基因，所以动物也会表现出对近亲属的衷心爱护。

雌鸟对雏鸟的保护本能，置身险境甚至牺牲生命去保护后代，这种行为是为了提高自身基因传递下去的概率。后代体内也有母亲的基因，而几个后代比单一的母亲更有可能把基因传递扩散出去，所以，对于母亲的基因来说，保住后代是更合算的，哪怕要为此牺牲自己的生命。在社会性昆虫中，比如蚂蚁和蜜蜂，保障基因生存的行为表现得相对不那么明显，群体成员会不分亲疏、不计生死地为保护群体而战斗。在这类群体中，成员相互间的基因相似度要比其他一脉相传的动物群体高得多。所以，即使个体自身死亡，群体的生存就保证了个体基因的生存。

有很多求偶表现，特别是见于某些鸟类中的行为，看上去似乎会降低个体的

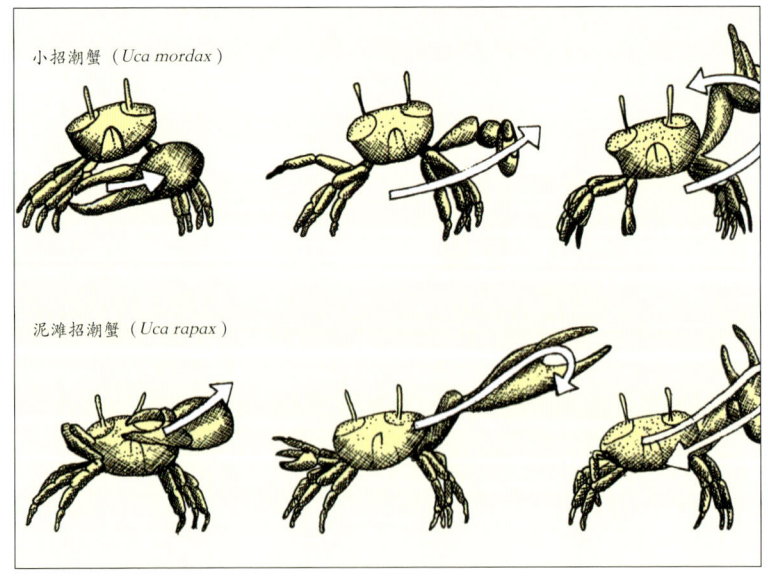

雄性招潮蟹（*Uca* spp.）通过挥舞着巨大的蟹爪来吸引配偶。同一片区域内不同种的招潮蟹挥舞蟹爪的姿势、速度各不相同，保证只有同种的雌性会受到吸引。只有同种交配才能产生具有繁殖能力的后代，所以，那些基因里没有正确挥舞方式的招潮蟹更容易灭绝。

生存机会。

很多雄鸟求偶期间长有华丽的羽毛,虽然能够吸引到雌鸟的注意,但是也让它们在捕食者眼中更加明显。那些生有华丽长尾的鸟类想要从捕食者口中逃生便会更加困难。可能这就是为了展示这只雄性是多么成功。如果它能够克服所有这些困难还活得好好的,那它一定很棒！所以,雌性就会本能地被那些造型夸张华丽的异性吸引。

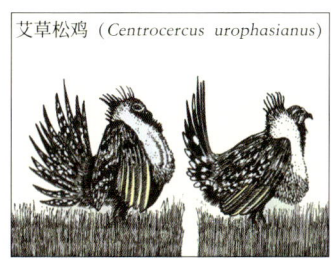

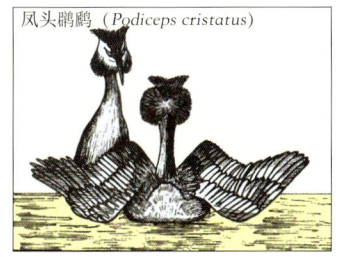

视觉展示是鸟类求偶仪式的重要组成部分。除此之外,求偶还包括鸣叫。雄鸟用唱歌来吸引雌性,威慑情敌。视觉展示也可能独立于求偶意图而存在。一只鸟,通常是雄鸟,摆出各式姿势,发出种种信号,直到它成功吸引到一位潜在的配偶。然后,这对鸟就开始互动,双方都用各种动作交流回应,以探求对方的交配意愿和交配准备程度。很多种类的鸟还依靠华丽的羽毛来展示自身。大多数情况下,雄鸟羽毛艳丽夸张,雌鸟则相对灰暗单调。求偶仪式中的动作往往都带有侵略或是安抚的性质。在有些鸟类中,梳理羽毛、模拟睡觉贯穿整个仪式。

形态和发育

自然选择为最适宜在某种环境中生存的形态定下了严格的标准，导致许多不同的动物具有相似的外表特征。从同一祖先进化来的动物沿着近似的进化路线分别独立进化，叫作平行进化。而祖先不同，进化路线也不同，最后却产生了相同的形态，叫作趋同进化。马的进化历程是一个平行进化的例子。马在第三纪末期出现在北美。那时，独立于外的南美洲有一种和马特别相似的有蹄类动物——南美原马型兽（Thoatherium）。它们有着共同的有蹄类祖先，沿着相似的路径在一系列相同环境条件的作用下各自独立进化产生。而鲨鱼与鱼龙、海豚则是趋同进化的例子。这三种动物分属不同的纲，但为了利用同一环境中的相同生态位，也就是生活在海洋中以鱼类为食，都进化出了流线型身体以及用于游泳的鳍和尾。

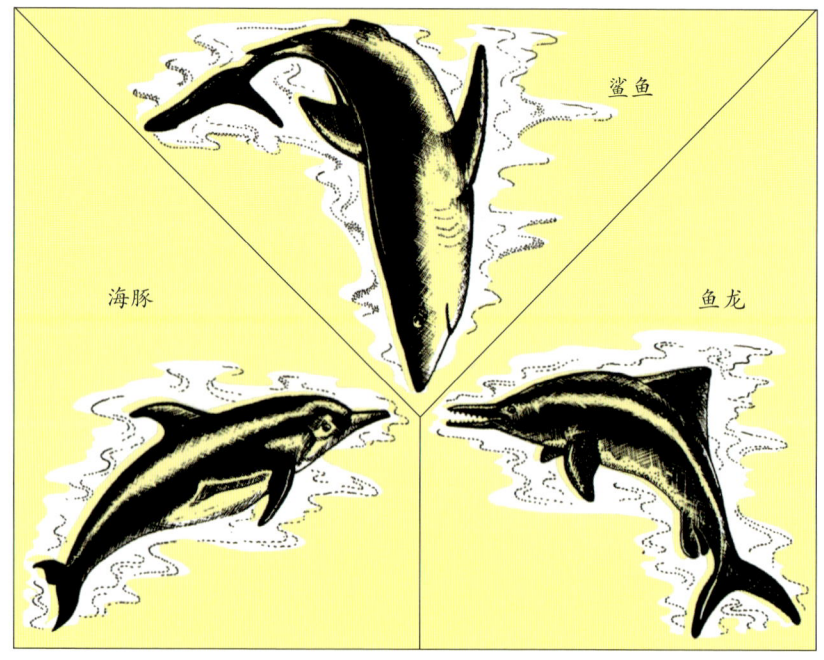

鲨鱼、鱼龙和海豚三种动物，只有鲨鱼是从海洋生物进化来的。鱼龙和海豚分别由陆生的爬行动物和哺乳动物进化而来。尽管祖先截然不同，它们却都进化出了同样的流线型体型来适应水生生活。这是一个趋同进化的典型例子。

由于动物形态与生态位的对应关系，世界各地具有相同气候和环境条件的区域很可能会产生非常相似的动物群落，虽然这些动物的进化来源完全不同。南美洲、非洲和澳大利亚的热带草原都出现过长腿善跑的食草动物、行动迅速的食肉动物、掘穴的食虫动物以及行动缓慢的体型巨大的食叶动物。在澳大利亚这些都是有袋类，在非洲则是胎盘哺乳动物，而南美洲二者皆有。尽管起源不同，其中很多动物外表非常相似。这样的情况不仅仅出现于相同时代的不同地区，还出现于不同时代的不同地区。

纬度对于动物体型和外表具有两种相反的影响。其中之一是伯格曼法则（Bergmann's rule）：在相近的物种中，栖息地越靠近两极的动物体型越大。另一个是艾伦法则（Allen's rule），同样是在相近物种中，极地附近的动物四肢较小。这两条规律都是因为要保存热量，前者是为了保持体温，后者是为了减少冻伤。

基因变化可能微小到无法察觉，也可能大到导致改变整个种群。温带林地的多种不同环境中都能见到树丛葱蜗牛（Cepaea nemoralis），这种蜗牛壳上的花纹有几种不同类型。在开阔草地，普通的黄色最利于蜗牛隐藏，其他颜色花纹的蜗牛容易被捕食者看到，很快就会被吃掉。而在落叶覆盖的区域，棕色条纹是更好的伪装，其他花纹则属于被淘汰的行列。这就导致了开阔草地上的树丛葱蜗牛种群以黄色为主，而林地以棕色条纹为主。桦尺蠖（Biston betularia）在人

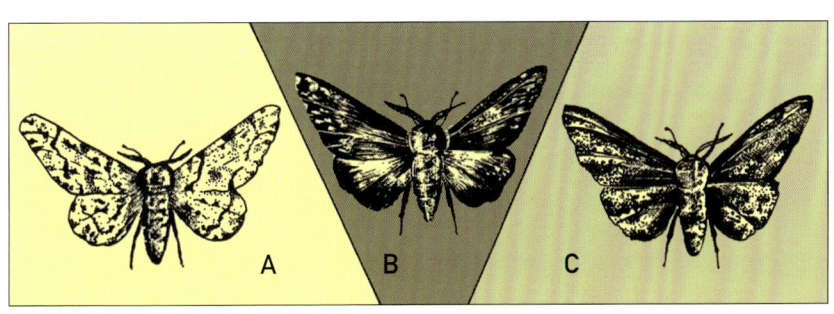

工业革命带来的环境变化让黑色桦尺蠖（B 和 C）在城市更具优势，于是，在城区，原本以灰白斑纹（A）为主的桦尺蠖变成了以黑色为主。而在乡村地区，由于空气污染并不严重，那里生活的桦尺蠖基本没有受到影响。

类工业革命早期的变化则是另一个典型例子。工业革命前，桦尺蠖主要以灰色和白色斑点纹饰为主。它们生活在树林中，树干上覆盖着地衣和苔藓，这种灰白斑点能够为它们提供完美的伪装。桦尺蠖也有黑色个体，但是由于容易被鸟类发现吃掉，所以比较少见。随着重工业的发展，树木蒙上煤烟变成了黑色，为黑色桦尺蠖提供了适宜的背景环境，白色桦尺蠖变得更容易被捕食者吃掉了，于是桦尺蠖种群变成以黑色为主。之后，随着空气保护法问世，大气污染减轻，树干上的煤烟也少了，白色灰色斑纹的桦尺蠖又多了起来。这些变化只是发生在种群内部的变异，在变异发生的同时，这个种群并没有产生生殖隔离，一直有基因交换。如果环境发生了永久性的变化，变异的个体又和其他个体隔离开来，随着时间的推移，它们将会发展成为新的物种。

拟态伪装是另一种模仿现象。某种生物，通常是出于保护自己的目的，呈现出另外一种动物、植物甚至是非生命体——比如鸟粪的外形。拟态有两种重要类型。第一种是缪勒拟态（Mullerian mimicry），一些危险的或是不好吃的物种进化出相同的颜色或纹饰，共同承担被捕食的风险。这种拟态的动物通常色彩鲜艳，在背景环境中非常突出，对敌人起到警示作用。第二种类型叫作贝氏拟态（Batesian mimicry），完全无害的动物模仿不能吃或者危险物种的外观、颜色，利用它们的警戒色来躲避捕食。还有其他类型的模仿，比如捕食者模仿猎物以便于接近猎物。昆虫，尤其是翅膀上有着醒目花纹的蝴蝶，是模仿的大师。除此之外，脊椎动物和植物的模仿能力也不容小觑。

正如我们所见，进化的速度在更大程度上依赖于环境的变化速度，而不是动物自身的某种特质。即便如此，看上去似乎在生物进化阶梯上位置"更高"的物种进化得更快，动物比植物进化更快。但是，这可能是个错误的印象。也许我们人类只是更多地把注意力放在了那些和我们接近的生物身上。

进化一向被认为是非常缓慢的过程，在数百万年的时间里慢慢积累一点一滴的变化。但有证据表明，进化常常是突然跳跃式地发生的，新物种形成得非常迅速，然后在很长的一段时间里保持稳定。

把人类时代生活在非洲和澳大利亚草原上的动物与更早一些、生活在第三纪中期南美平原上的动物相比较,我们可以看到,相对应的环境中,具有相似生活方式的动物会进化出类似的外形和大小。不管这些相似的环境处于不同的时代还是不同的地点或是时间地点都不同,结果都是一样的。环境是迄今为止,影响生物体型体态进化因素中最重要的单一因素。类似犀牛的大型食叶动物和长腿善跑的食草动物在这三个环境中都存在。三处进化出来的食肉动物、食虫动物和杂食动物在外表上也都很类似。最惊人的是掘穴食虫动物和不会飞的鸟类,它们的生活方式高度特化,几乎可以说是沿着相同的路线进化而来。

	南美洲	非洲	澳大利亚
大型食叶动物	电兽	犀牛	双门齿兽
食草动物	原马形兽	斑马	袋鼠
食肉动物	原袋狼	鬣狗	袋狼
小型杂食动物	中新豪猪	睡鼠	袋狸
食蚁动物	中新犰狳	土豚	袋食蚁兽
掘穴食虫动物	盗墓鼠	金鼹鼠	袋鼹鼠
不会飞的鸟	恐鹤	鸵鸟	鸸鹋

食物链

食物链是生态学的基本概念之一,它是指生物之间一连串吃与被吃的关系。其实,把这个过程描述为一座金字塔比一根链条更为合适一些,因为在任何环境中处于链条底部的动物都要比上层多得多。

金字塔的塔基是植物。植物是初级生产者,利用太阳的能量把空气中的二氧化碳和土壤中的矿物质合成最初始的食物。食物链金字塔塔基宽阔,拥有无数的成员,而所有食物链都从这里向上编织直到位于顶端的食肉动物。例如,人类时代,在遥远的北方,短暂的夏季里生长的植物会被昆虫吃掉,昆虫又被小鸟吃掉,而小鸟又被小型食肉动物比如狐狸吃掉,小型食肉动物最终又被大型食肉动物比如北极熊吃掉。同样,海洋里微小的浮游植物作为食物链的基础,向上到达

每座食物链金字塔的顶端都是食肉动物,底层则是最初的食物制造者——植物。植物转化的能量以叶子和果实的形式传递给金字塔更高的一层——食草动物,又通过食草动物最终到达食肉动物。全世界从热带到极地所有的环境中都存在类似的金字塔。

有时一种捕食者,在这里以北极熊为代表,可能同时是陆生和水生生物金字塔的塔尖。生活在同一环境中的动植物通过复杂的摄食关系形成了一个自给自足的系统,这就是生态系统。热带地区的生态系统也许会包含数千种生物。

鱼和海豹，直到同样到达北极熊。活着的北极熊没有天敌，但北极熊的尸体会被食物链上较低层次的食腐动物和以动物残骸为食的微生物吃掉，直到把尸体降解为无机物质，供给金字塔底部的植物。只有在寄生虫的世界里，食物链金字塔每一层能够存在的生物数量才会向上变多。除此之外，地球上任何环境中的食物链都是逐层减少，最后由一个单一的捕食者或是一小群捕食者位于顶端。

一般来说金字塔分为三层：上文提到过的初级生产者、食草动物以及食肉动物。食腐动物和微生物分解的作用贯穿整个金字塔。如果食物链金字塔的某一层中某个关键成员因为疾病或环境变化而消失，金字塔的结构就会变得不稳定。空缺处下方的物种失去限制，数量增加，直到超过食物能够承载的数量，又将因为饥饿而减少。但这种情况在现实中很少发生，因为另一种捕食者很快就会出现，填补上空缺。

植物只能利用一定量的太阳能，具体数量很难衡量，不过，落在植物上的阳

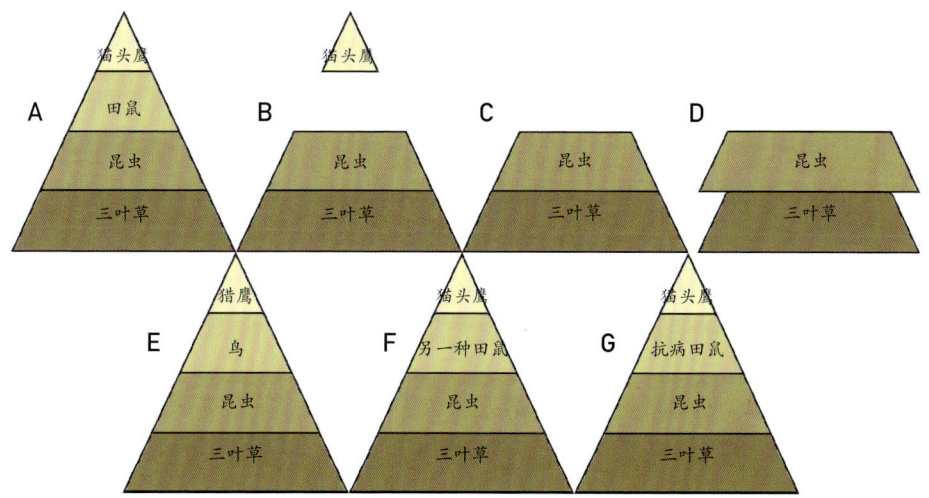

这是一片三叶草地中的食物链金字塔（A），如果把其中一层移除掉会发生什么？让我们来进行一下有趣的推测。假如由于疾病，大量的田鼠死亡（B），猫头鹰因为缺乏食物很快就会离开（C），导致昆虫数量失控（D）。这种情况不会持续太久，空置的生态位将很快被重新占据。方式有三种：一是新的以昆虫为食的动物到来，比如鸟类，同时也带来了自己的"捕食者"（E），或者另一种田鼠入侵，带回猫头鹰（F），或者一部分原有田鼠抵抗住了疾病，数量又多了起来（G）。

光被转化为糖储存起来的比例肯定不超过八百分之一。植物利用糖中的化学能量制造复杂的有机化合物构建自身。食草动物吃草的时候，获取的就是这些糖和糖中的能量。然而，它们也无法将植物中存储的所有能量都转换成自身所需能量——动物的最大利用效率约为百分之十。百分之十这个比例存在于食物链的每一环之间。这就意味着在任何环境中一百只食草动物只能供给十只食肉动物的生存需求，而这十只食肉动物又仅可以支撑一只更上一层的食肉动物。这些数字经

有一条粗略的经验规则：食肉动物如果需要一个单位的能量维持自身生存，就要从所捕食的食草动物身上获取十个单位的能量。同样，每只食草动物也需要从植物获取十个单位的能量。植物的能量完全来自太阳，但也是同样的，十个单位的能量被植物吸收，能够有效使用的不超过一个单位。

过了简化，而且指的是大小相同的动物——重要的是动物的体重而非个体数量。百分之十的比例适用于复杂食物链中的每一环，也是食物金字塔保持塔形稳定的一个重要因素。

由于摄食效率对于阳光的依赖，地球上不同地区的生物数量差别很大。在热带地区，阳光强烈，植物能够吸收到的太阳能更多。因此，当其他因素比如降雨允许的情况下，单位面积上就比温带或极地拥有更多植被。大量的植物才能供给大量的食草动物，大量的食草动物又能供给大量的食肉动物。而在北极，太阳的能量更少，植被更加稀疏，导致食草动物较少，食肉动物更少。

金字塔中每一层物种的多样性取决于塔基的植物多样性。例如，热带草原生长着矮草、草本、茂草、灌木、树木，当地食草动物种类虽多，每种动物的食物组合却并不相同。由此，吃草根的动物和吃矮草或者茂草的动物就不是竞争关系。即使有些物种偏好的食物种类大致相同，也会在某些方面存在差异，让它们不用直接竞争，比如，一个日间活动，一个夜间活动。这样生态位的数量就成倍扩大了，而进化则会保证不会有空白的生态位。

大自然讨厌真空，这句话不仅适用于物理学，在生物学里也同样是真理。任何一个生态位都不会长期空置，只要有空位出现，很快会有物种进化出来占据它。在每个物种的内部竞争都很激烈，因为每个特定的生态位只能容纳一定数量的个体。同一物种成员之间的争斗往往会形成程式化的表演，通常不会造成真正的伤害。保护领地、争取配偶，通常都不会发生真正的战斗。似乎正是这种策略帮助动物成功维护了自身在生态系统中的地位。

食肉动物的捕猎不会打乱食物链金字塔的平衡。健康的成年个体通常可以成功逃脱捕猎或是进行反击，所以食肉动物捕食到的只是体弱、年老、生病的个体，从而确保只有适者生存。如果某个物种中健康强壮的成年个体都跑不过捕猎者或是不能成功抵御捕猎，这个物种很快就会灭绝，然后它的生态位就会被其他生物占据。这么看来，捕食者不过是比较急躁的食腐动物而已。

第二章

生命的历史

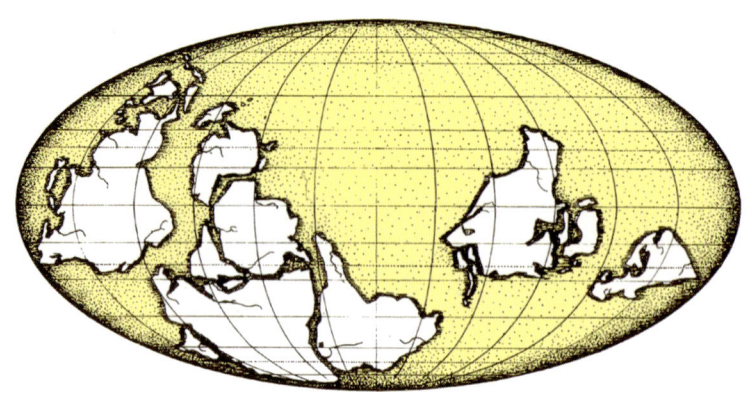

这张地图展示的是寒武纪初期的大陆分布,那是生命历史有证可查的最早的时代。前寒武纪生物绝大多数没有硬质部分,很难保存下来。

地球已经存在了约50亿年,其间生命兴衰更替的历史也长达35亿到40亿年。然而,有化石记录的地球生命只能追溯到6.2亿年前,也就是硬骨生物出现的时期。那时只有海洋里存在生命,陆地上还是一片荒芜。陆地和海洋的分布也并不像今天这样。由于板块运动,大陆和海洋的相对位置不断变化。板块就像足球上的拼接块一样组成了地壳。大洋中脊处不断有地球内部的物质涌上来,板块从这里形成。而在另一边,一个板块俯冲到相邻板块之下,形成深深的海沟,并最终消融。这就是大洋地壳的变化。大陆地壳又是另一种情况。大洋地壳富含硅和镁,较重;大陆地壳富含硅和铝,较轻。所以大陆地壳浮在上层,会被板块运动带着在地球表面漂移。板块运动贯穿整个地球历史,并将持续到世界末日。对于地球生命历史来说,板块构造的重要性并不仅仅在于其地理学意义。板块构造在一定程度上影响全球气候。而全球气候的波动,从地质意义上来说,是在相对短的时间内产生的。气候变化无疑会导致地球上占主导地位的生命形式发生相对突然的变化。此外,大陆对进化的重要影响还表现在,在进化的某个关键阶段如果大陆联合到一起,那时的动物就能扩散到整个世界,然后又在不同陆块进化出不同的形态。

生命起源

太阳和整个太阳系由一片广阔的星际气体云演变而来。这团不规则形状的星云在太空中缓缓旋转，大约1000万年旋转一周。旋转过程中，受自身引力的作用，星云开始收缩，体积变小，转速越来越快。逐渐地，星云被压平成圆盘状，物质向圆盘中心集中，形成太阳。星云盘上出现一个个旋涡，吸聚周围的物质，孕育出行星的雏形。旋涡俘获的星际尘埃主要由铁和硅化物颗粒组成，在引力的作用下，颗粒团块汇聚成了原始行星。较重的铁下沉到内部，硅化物则留在外层，于是，原始行星出现了岩石地幔包裹着铁质地核的结构。四颗内行星水星、金星、地球和火星就是这样形成的。随着温度逐渐降低，较轻的二氧化碳、氨等物质从星际气体中凝结出来，太阳系其他行星便由这些较

距离太阳的平均距离
（单位：百万公里）

海王星4496.6
天王星2869.6
土星1427.0
木星778.3
火星227.9
地球149.6
金星108.2
水星57.9
生命带
太阳

如果具有适宜的大气和地表条件，太阳周围一个特定区域内的行星都能支持生命存在，这个区域就叫作生命带。生命带的范围是由金星轨道内缘到火星轨道外缘。水星的最高表面温度达370℃，温度过高，生命无法存在。而外行星则越向外温度越低，海王星上的最高温度依然在-200℃以下，对于生命来说又过于寒冷。

轻的物质组成。此时，原始太阳的收缩引发了核聚变，太阳开始向外放射能量。太阳至今已经发光发热了 50 亿年，而在未来的 50 亿年里，它还将继续放射能量。

地球初始大气的成分可能和外行星一样，主要是氢气、甲烷和氨气。之后，新形成的岩石释放出水蒸气和二氧化碳，改变了大气组成。水在初期以气态形式存在，因为那时大气层的温度过高，水蒸气无法凝结。大气的形成还有另外一种可能。也许氢气、甲烷、氨气组成的原始大气形成不久后，就在太阳热量的作用下几乎逃逸一空，地球内部的二氧化碳和水蒸气经由火山和喷气孔排出地表，构成了地球最早的稳定大气。无论哪种情况，当地球冷却下来后，大气中的水汽凝结变成雨水降落下来。最初的雨水中必然溶解有甲烷、氨和氢气。如果向其中注入大量能量，比如通过闪电或是来自太阳的紫外线辐射，溶液中就会发生化学反

在现代科学到来之前的时代，人们相信自己脚下的地球和所有熟知的生物都是由超自然力在某一个并不久远的时刻一次性创造出来的。内陆深处发现的海洋生物化石，是之后科学研究中海陆变化的主要证据，而在当时，人们认为那是一次惩罚性洪水的遗迹。

应，合成复杂的有机分子，例如构成生命的基础物质——氨基酸。

关于复杂有机分子的形成可能还有另外一种完全不同的解释。恒星爆炸产生的碳质颗粒状星际尘埃中存在着像甲醛这样的简单有机物。简单有机物分子附着在尘粒上，聚合形成长链的复杂有机物分子，从而在化学上迈出生命起源的第一步。恒星释放出的气体可能含有氧、碳和氮，如果氧多于碳或氮，形成的可能就是多糖（或是单糖）这样的有机物分子。如果氮元素含量最为丰富，则产生核酸和叶绿素的概率更大。叶绿素为植物提供生长的能量。受引力作用，星际尘埃有可能吸聚到一起，在特定条件下，进入环绕恒星的轨道，成为彗星。如果在地球形成的早期，一颗这样的彗星撞到地球上，星际有机物分子也就来到了地球表面。

不管有机物到底是怎样产生的，对于生命的出现和进化来说，45亿年前蒸汽滚滚的地球表面上含有复杂有机物分子的温热海洋，都是必不可少的关键因素。

当有机物分子具备了自我复制这种独特的性质，它就成了地球上第一个可以被描述为"活着"的存在。为了繁殖，它需要拆分像多糖这样的复杂有机物，并用拆分出来的成分制造自身的镜像体。任何有利于这一过程的特性都会增加它生存下去的概率，于是这个特性就能在复制过程中长久保留。任何阻碍有机物分子复制自身的特性都会导致其灭绝消失。进化开始了。

原始汤中的所有多糖消耗完毕后，如果原始生命体还没有进化出利用太阳能把无机物合成有机物——也就是光合作用的能力，它们就会失去食物来源。而叶绿素分子的出现解决了这个难题。

随着演变发展，自我复制个体开始包含多种复杂有机物分子，细胞这种有机组合单元出现了。细胞繁殖主要在细胞核中进行，一些最为原始的细胞没有细胞核，繁殖功能在整个细胞质中完成。不过，只有真核细胞才能向着更大型的方向发展。在进化过程中，较小的细胞被较大的细胞整合，承担起某种重要的功能。最终，由多个细胞组成的复杂结构产生了，每个细胞各司其职，共同维持整体生存。生命体又一次进化了。

第一个多细胞生物产生的方式也许有两种。或是不同类型的独立细胞聚集到一起形成整体，或是细胞分裂过程中没有完全分离开来的细胞组成了复杂集合体。

不管是怎样形成的，多细胞有机体作为一个整体要比它们作为独立个体的总和更为成功，否则多细胞生物就不会延续下来。

多细胞生物并非由一个个相同的细胞组成，而是不同组织或器官中的细胞功能各异。在较高级的生命形式中，有些细胞支撑身体结构，比如骨细胞；有些细胞防御疾病、运送食物，比如血细胞；而其他细胞，比如神经细胞，组成了生命体的感觉和信息交流系统。细胞分化一般发生在胚胎期。追溯到初始阶段，所有的胚胎细胞都是相同的。受精卵分裂成两个子细胞，两个子细胞继续分裂，一分为二，二分为四，产生出数百个毫无差别的胚胎细胞。然而，到了胚胎发育的某个时刻，这种分裂就停止了，分化的细胞开始产生，它们将要承担起特定的功能。现在还不清楚细胞分化是如何发生的。所有细胞核都含有相同的遗传基因，但在形成新细胞的过程中只有部分基因发挥作用。在细胞中——很有可能就是在细胞核中，应该存在着某种机制决定使用哪些基因片段来制造不同功用的新细胞。

早期生命

繁荣兴盛的单细胞和多细胞生物遍布早期海洋，其中既有动物，也有植物。植物吸收来自太阳的能量，通过光合作用把无机物制造成自己的食物。动物无法直接利用阳光生产食物，于是它们吃掉植物获得能量。这种进食方式上的差异是植物和动物的根本区别，这种差异也反应在了植物和动物的结构和生理上。植物，只需要阳光和无机物，如果能生长在适宜的区域就不再需要移动。所以，植物细胞外面有一层坚硬的细胞壁。植物有着扁平的、朝向太阳便于吸收能量的表面（叶子），还有能够固定自身的结构（根）。根既能吸收养料，又能防止植物被风吹走或是被水流冲走。而动物在大多数情况下需要跑来跑去，所以进化出了弹性灵活的细胞外壁和肌肉系统，让它们能够运动。动物还具有发达的感觉器官和神经系统，用于判断周围的环境并向肌肉传递信息。

动物的整体外形也与它们的运动能力息息相关。动物不只是不成形的固定块状物体，从水流中获取食物，它们具有辐射或两侧的对称性。

在寒武纪初期，具有硬壳的动物首次大量登上历史的舞台。一般来说，只有生物的硬壳可以变成化石，所以我们了解的生命历史是从这时才开始清晰起来的。

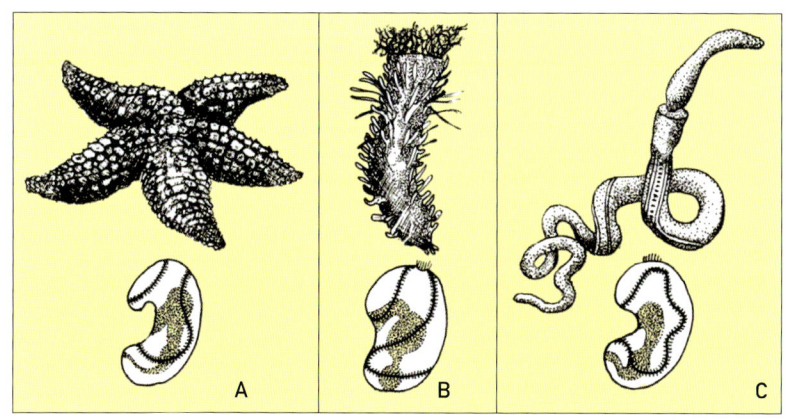

柱头虫（C）（*Balanoglossus* spp.）是半索动物。半索动物是无脊椎动物和脊索动物之间的一个中间阶段。脊索动物包括脊椎动物。柱头虫幼虫与棘皮动物海星（A）和海参（B）幼虫之间的相似性可以表明脊索动物的祖先是无脊椎动物。

在寒武纪，所有主要类别的动物（门），不管是辐射对称的还是两侧对称的都进化了出来。辐射对称的动物包括腔肠动物（水母、珊瑚）和棘皮动物（海星、海胆）。两侧对称的动物分为四个主要类别：腕足类——一种几乎完全灭绝的贝类；软体动物——双壳的贝类、海螺和像鹦鹉螺那样的头足动物；节肢动物——主要代表是三叶虫以及一些蠕虫和像蠕虫似的生物。

在这些蠕虫似的生物中有一类叫作脊索动物。到了志留纪，从脊索动物中诞生了第一只脊椎动物，那是一种原始无颌鱼，是所有脊椎动物的祖先。同样在这个时期，植物第一次登上了陆地。岸边浅水处出现了一片不用完全浸在水中也能存活的植物。它们进化出硬茎，能更好地支撑自身，进化出内部管状系统，用来

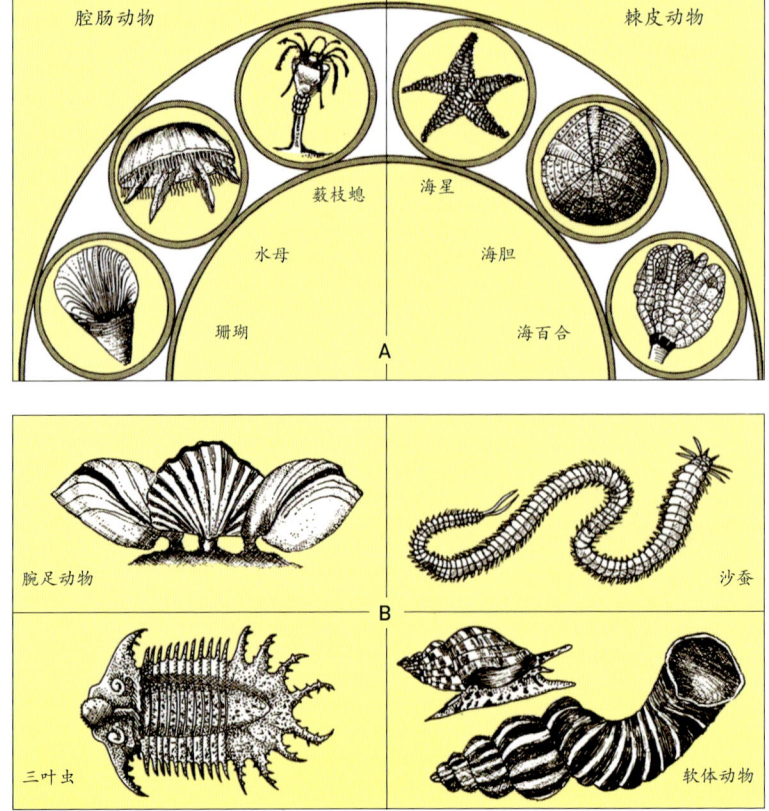

无脊椎动物中存在两种形式的对称：辐射对称（A）和两侧对称（B）。辐射对称的动物围绕着一个从头到尾贯穿身体的轴对称。两侧对称的动物关于动物体的中央轴对称。

从地面向上运输水分和溶解的矿物质,并把制造出的食物从叶片运送下来。

植物光合作用的副作用——自由氧释放到大气中,于是,大气中的氧气含量上升,二氧化碳比例下降,空气的成分变得更适合动物生存。最早享受到大气成分改善的动物是节肢动物,早期的植物之中就有蝎子和千足虫的身影。

接下来的泥盆纪是鱼类的时代。从原始无颌类中最先进化出来的鱼类是盾皮鱼,比如恐鱼——一种长有盔甲的鱼。盾皮鱼已经有了从鳃弓骨进化而来的颌。而到泥盆纪结束前,盾皮鱼已经基本被软骨鱼取代了,比如裂口鲨——鲨鱼和鳐鱼的祖先。那时,也出现了硬骨鱼,而且种类更多,分布范围也更广。硬骨鱼有两个主要类别:辐鳍鱼类和肉鳍鱼类。虽然事实证明辐鳍鱼类更为成功,但从进化的角度来看,像新翼鱼(Eusthenopteron)这样的肉鳍鱼类意义更加重大。周期性干涸的浅水塘环境,使新翼鱼进化出了离开水生存的能力。当水塘消失,它们会用一对由稳定器官进化出的长有肌肉的鱼鳍拖着自身爬到相邻的水塘去,而在爬行的过程中,它能通过咽喉处长出的原始肺呼吸空气。脊椎动物开始了在陆地上的生活,尽管此时的陆地生活只是为了延续水中生活的临时过渡措施。泥盆纪末期出现了一种类似两栖动物的生物,它们已经能够在陆地上度过成

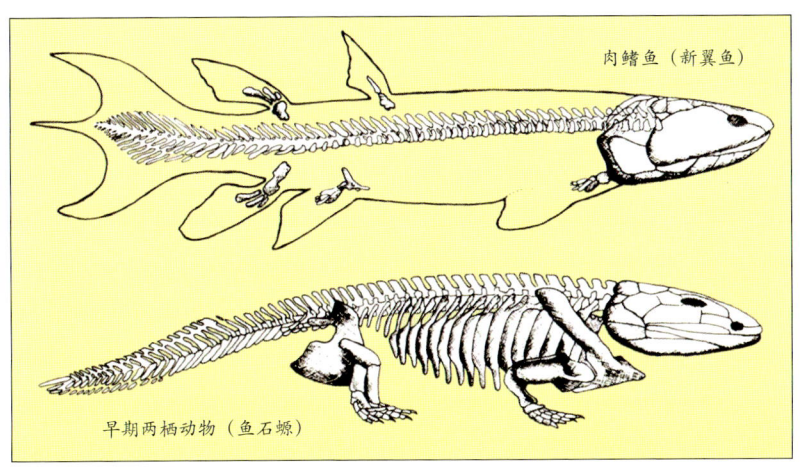

像新翼鱼这样的肉鳍鱼和像鱼石螈这样的早期四足动物之间有着明显的相似性,清晰地指明了四足动物的祖先。在鱼石螈体内,鱼类均一的脊柱变成了更重、更强壮的结构,长出了完整的胸腔,能够支撑它们在陆地上行走。鱼石螈的四肢虽然比鱼鳍要长得多,但是形状却是相似的。

年之后的大部分时间。由于普遍具有四肢，所以被称为"四足动物"。鱼石螈（*Ichthyostega*）是最早的四足动物之一，虽然尾部和头骨仍然具有鱼类的特征，但它们具有强壮的肩带和腰带骨支撑四肢，四肢末端有脚趾，已经具备了典型的陆生动物特征。早期的陆地动物有很多脚趾，很快就定型成了五个，是现在所有陆地动物的基础。

随后的石炭纪是森林的时代，广袤的森林后来变成了煤炭。石炭纪也是两栖动物的时代。这个时代以繁茂湿地为特点的低地，最适宜两栖动物生存。于是这一时期出现了许多新物种。有些体型很小，长得像鳗鱼，比如蛇螈（*Dolichosoma*）；另外一些，比如始螈（*Eogyrinus*），据推测是一种外形和生活习性都类似鳄鱼的动物；还有一些，比如盗首螈（*Diplocaulus*），长得又宽又平，生活在泥巴里。它们的头骨比鱼石螈像鱼一样的头骨更为先进，它们已经有了明确的鼻腔，表明它们已经属于呼吸空气的动物。后来更先进的两栖类以及爬行动物都是由这些动物进化而来。

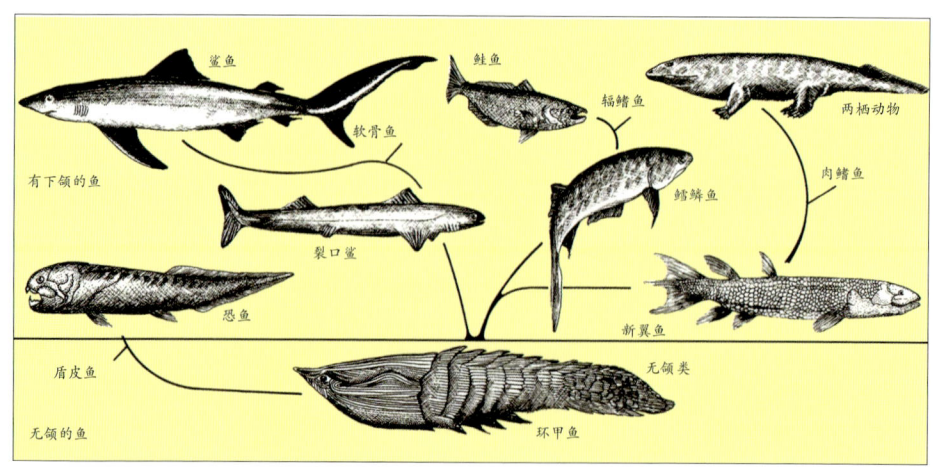

最早的鱼是无颌类，没有下颌，嘴只不过是通向消化道的开口。有下颌的鱼最早出现于泥盆纪。其中最原始的类型是盾皮鱼。盾皮鱼种类繁多，但都身披盾甲，长有由头部骨片进化而来的颌骨和牙齿。鲨鱼和鳐鱼的祖先——软骨鱼也在这个时候出现。最成功的鱼类——硬骨鱼也起源于无颌类。硬骨鱼可以分为两类：肉鳍鱼类和辐鳍鱼类。肉鳍鱼类的鱼鳍上生有肌肉。辐鳍鱼类的鱼鳍是由扇形的硬质鳍条支撑皮肤组成。人类时代所见大多数鱼类都是辐鳍鱼类，肉鳍鱼类仅有四个属。

爬行动物时代

爬行动物是最先完全生活在陆地上的脊椎动物。虽然爬行动物的祖先两栖动物也能很好地适应陆地生活，但它们却需要回到水中去繁殖，还要经过完全水生的幼体阶段才能成熟。这就意味着，早期动物占据的陆地仅限于海岸、河岸和湖泊周围的湿地。

爬行动物进化出了有壳的卵，壳内还有一层不透水的薄膜，这样胚胎就能在卵内独立的小池塘发育，而不必依赖水体。于是，爬行动物的生活范围扩大了。此外，相比两栖动物，爬行动物坚硬的皮肤也在很大程度上减少了体表水分的流失。

虽然最早的爬行动物出现在石炭纪的繁茂森林中，但直到二叠纪和三叠纪时爬行动物才真正进入全盛时期。那时，全球大部分地区变得非常干燥，能离开水生活成为异常重要的优势，这正是促使爬行动物发展壮大的条件。

最先登上成功舞台的是类哺乳爬行动物。比起两栖动物像鱼一样的牙齿，它们的牙齿有了很大进步。口腔前部是用来杀死猎物的长牙，后部是用来切割血肉的较短的牙齿。这是对肉食生活方式的适应，将来会进一步发展成哺乳动物高度分化的牙齿。它们的四肢也变得像哺乳动物一样，位于身体下方。身体是被四肢托住，而不是像两栖类和早期爬行动物那样悬在四肢中间。三叠纪末期，类哺乳爬行动物逐渐灭绝，而其后裔——真正的哺乳动物将在1亿年后大放异彩。类哺乳爬行动物之后，主龙类兴起，占据支配地位，此后出现的恐龙也属于这一类。

主龙类（占据统治地位的蜥蜴）最早出现于二叠纪和三叠纪，是一种半水生的动物，外形像鳄鱼，具有强壮的后腿和尾巴。强壮的后腿和尾巴这一特征贯穿了这一类群的整个发展历程。二叠纪时，主龙类半水生的爬行动物重新适应了陆地生活，强壮的尾巴能够帮助保持平衡，让它们用后腿行走，于是两足直立的恐龙进化出来了。

到侏罗纪早期，恐龙已经成为最主要的脊椎动物类型，进化出了各种形态，占据了整个地球上适宜生存的全部陆地。有大型的食草恐龙，比如梁龙

（*Diplodocus*）；有体型较小、行动迅速的肉食恐龙；有行动慢一些吃肉的食腐恐龙，比如异龙（*Allosaurus*）。恐龙并不都是庞然大物。比如美颌龙（*Compsognathus*），主要以小型爬行动物和蛋类为食，体型并不比家养的鸡大。以禽龙（*Iguanodon*）为代表的体型较小的食草恐龙，是特别重要的一个类群，之后分化出了很多重要的恐龙分支，特别是白垩纪晚期长有硬甲的恐龙。恐龙的硬甲根据功能不同，有许多种形状和大小，有剑龙（*Stegosaurus*）似的直立板状，有甲龙（*Ankylosaurus*）似的扁平骨质凸起，也有三角龙（*Triceratops*）似的头部盔甲。

以上提到这些主龙类成员不是最终的胜利者。就像在所有动物类别中都出现

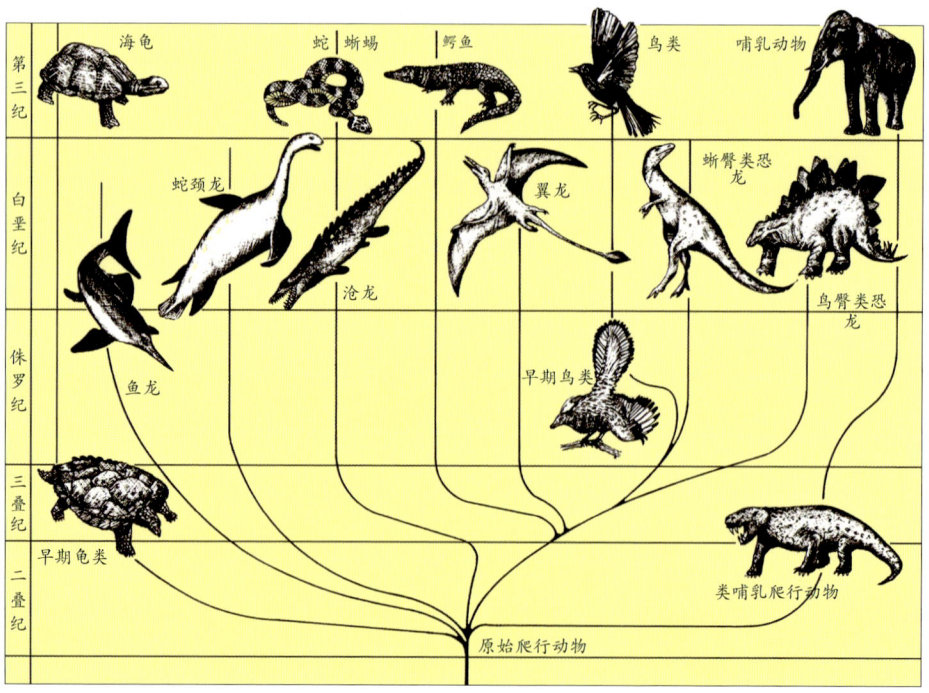

最早的爬行动物，也就是原始爬行动物，于石炭纪从类两栖动物中进化而来，之后，它进化出了各种各样的形态占据了几乎所有环境——天空、大地、水域。水中有鱼龙、蛇颈龙和沧龙，天空有翼龙，陆地则是恐龙和类哺乳爬行动物的天下。根据臀部结构，可以把恐龙分为两类——蜥臀类和鸟臀类。奇怪的是，鸟类是蜥臀类的后裔，而不是鸟臀类的后裔。就像自然界中经常出现的那样，相对简单也意味着适应性广泛，鳄鱼的外形虽然是最早出现的爬行动物形态之一，最终却被证明是最成功的。

过的趋势一样,最原始的、最不特化的类型是生存得最久的。在主龙类里,存在时间最长的是早期就出现的鳄鱼,比其他更壮观的主龙类动物多生存了一亿多年,直到人类出现之后依然可见它们进化过的身影。

极盛之时,主龙类甚至统治了天空。最早飞上天空的是翼龙,翼龙伸长的前肢第四趾到后腿、尾巴间都有皮肤,变成了能够飞行的翅膀。翼手龙(*Pterodactylus*)、喙嘴龙(*Rhamphorhynchus*)等小型翼龙也许以昆虫为食,

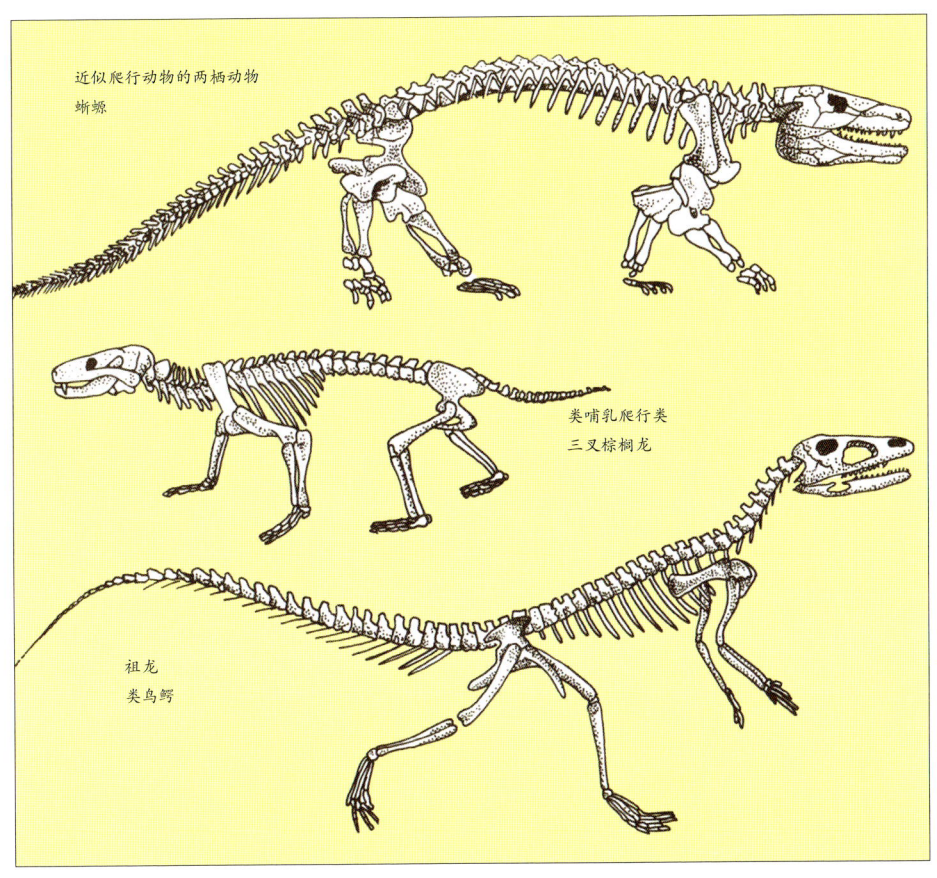

像蜥螈(*Seymouria*)这样类爬行的两栖动物进化出了两个主要的陆生爬行动物类群:主龙类和类哺乳爬行动物。早期的主龙类,如鸟鳄(*Ornithosuchus*)两足站立,但后来这一类动物中很多都是四足站立。类哺乳爬行动物,比如三叉棕榈龙(*Thrinaxodon*),出现于爬行动物进化史的早期,却是哺乳动物的祖先。

无齿翼龙（*Pteranodon*）、夜翼龙（*Nyctosaurus*）之类较大的翼龙主要吃鱼，而巨大的翼龙，如风神翼龙（*Quetzalcoatlus*），几乎可以肯定是食腐动物。

到侏罗纪，一种小型食肉恐龙的后裔也学会了飞行。它们与美颌龙相似，身上至少有一部分（几乎可以肯定是四肢和尾巴）长有羽毛而非鳞片。它们是之后新生代里主宰天空的真正鸟类的祖先。

在恐龙进化的同时，其他爬行动物也进化出了适合在海洋中生存的体态，充分利用海洋里丰富的食物资源。为了适应陆生生活，动物已经放弃了祖先的诸多特征，现在要回到祖先生活的环境中去，它们又重新进化出适宜水生生活的特征。

沧龙（*Mosasaurus*）也出现于这个时期。沧龙和人类时代的蛇、蜥蜴属于同一类动物。沧龙生活在海洋中，是一种有着巨颚的捕食者，它们扭动长长的身体和扁平的尾巴推进自身前行，像桨一样的四肢用于掌控方向。蛇颈龙（*Plesiosaurus*）游动缓慢，用像蛇一样的长长的脖子击晕鱼类并捕食，鱼类是其主要食物来源。蛇颈龙没有存活到现代的后裔。鱼龙（*Ichthyosaurus*）可能是水生爬行动物进化的巅峰，它们长得像鱼，身体呈流线型，具有鳍和鱼尾。

尽管对于环境的适应性让人惊叹不已，但大型爬行动物还是在白垩纪末期完全灭绝了。灭绝的原因至今仍不能确定（虽然肯定有小行星撞击地球造成大规模环境破坏的影响）。大型爬行动物的灭绝与海洋无脊椎动物的剧烈变化以及导致地球大多数地区植被类型发生改变的气候变迁同时发生。

哺乳动物时代

尽管哺乳动物的起源可追溯至三叠纪时期的类哺乳爬行动物,但在三叠纪之后的一亿年里它们都处于毫不起眼的边缘地带,那时统治天空、大地和海洋的是爬行动物。哺乳动物的特征,如颌骨简单、从颌骨进化出耳朵、分化的牙齿以及四肢位于身体下方而不是体侧,所有这些在类哺乳爬行动物中都出现了。能把类哺乳爬行动物和哺乳动物区分开的关键特征是颌关节。爬行动物的颌骨是由多块

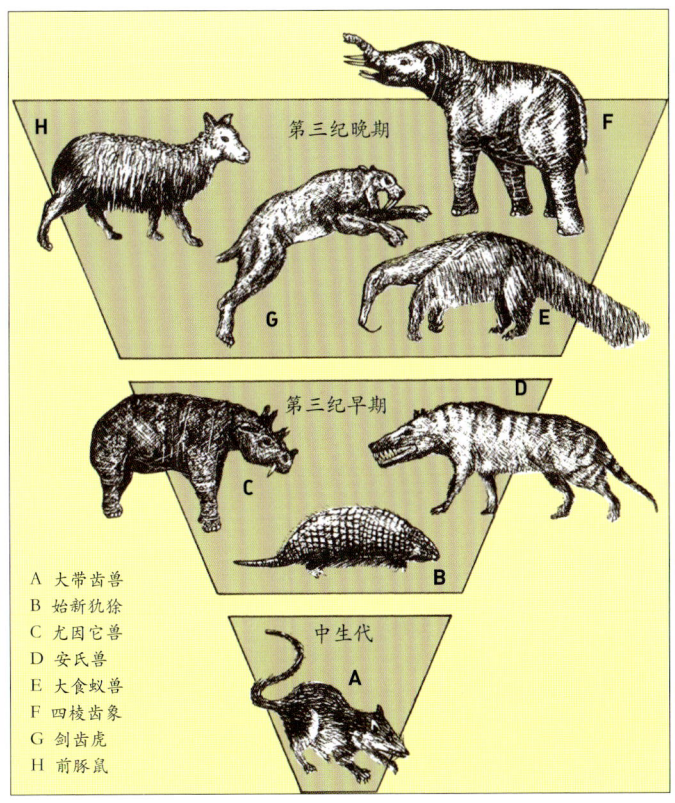

A 大带齿兽
B 始新犰狳
C 尤因它兽
D 安氏兽
E 大食蚁兽
F 四棱齿象
G 剑齿虎
H 前豚鼠

所有哺乳动物都是由像大带齿兽(*Megazostrodon*)这样的小型食虫哺乳动物进化出来的。中生代末期的重大环境变化导致了恐龙灭绝,哺乳动物取而代之,进化成为占主导地位的脊椎动物。第三纪早期的哺乳动物主要生活在森林中。这一时期的食肉动物,比如安氏兽(*Andrewsarchus*)还比较原始,牙齿与爬行动物相似。第三纪晚期,气候变得干燥,森林消退,出现了和人类时代相似的哺乳动物。

骨头组成的复杂结构。而哺乳动物的下颌则是一块单一的骨头,爬行动物所拥有的其他骨头都位于哺乳动物的耳部。这个进化过程在类哺乳爬行动物统治期结束前至少独立发生了四次。

哺乳动物的某些代表性生理特征也出现在类哺乳爬行动物中。上颚赋予了哺乳动物同时进食和呼吸的能力,维持身体恒温,需要源源不断地提供氧气,能够同时进食和呼吸就显得尤为重要。而这个特征最早也是出现在类哺乳爬行动物中。颅骨和颌骨上的小坑是胡须的存在痕迹,证明有些类哺乳动物身体上至少有一部分生长毛发,这也是温血的证据。类哺乳爬行动物的牙齿发育则表明,它们的幼体是没有牙齿的,所以必须由母亲喂奶。

在整个爬行动物时代,哺乳动物都不过是小小的、老鼠一样的生物,以昆虫、种子或者也可能是爬行动物的卵为食。虽然以牙齿形态区分,侏罗纪时期存在过几个不同目的哺乳动物,但基本都和恐龙一起灭绝了。最终,最成功的幸存者是有胎盘的哺乳动物,这一类哺乳动物的胚胎会在母体内发育到较成熟的阶段。有胎盘类哺乳动物最早出现于白垩纪,与它们同时出现的还有一个旁支——把幼崽

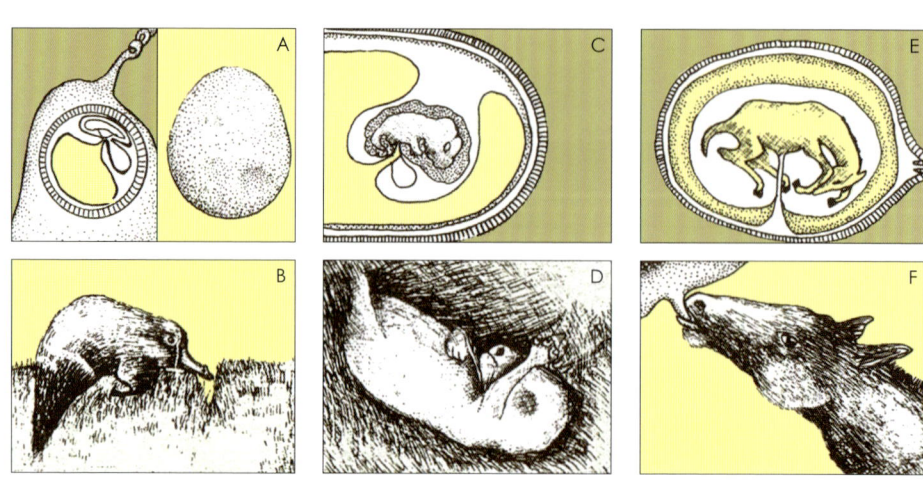

哺乳动物分为三大类——单孔类、有袋类和有胎盘类。单孔类(A),如鸭嘴兽,卵生,雌性没有乳头,幼崽孵化出来后,趴在母亲身上,舔食从腹部表面分泌的乳汁(B)。有袋类(C),幼体出生时尚未发育成熟,大多要再放在腹部的育儿袋内照顾喂养(D)。有胎盘类(E),正如它们的名字那样,这类动物有胎盘,通过胎盘养育胚胎,直到胚胎基本发育成熟。出生之后,母亲通过体外的乳头喂养幼崽(F)。

放在体外育儿袋里抚养的有袋类哺乳动物。在人类生活的时代,有胎盘类和有袋类囊括了几乎世界上所有哺乳动物。但是,哺乳动物还另有一个原始的产卵的类群——单孔类。单孔类代表物种不多,鸭嘴兽就是其中之一。

第三纪初期,爬行动物衰落,哺乳动物兴起。在第三纪初始的大约 1000 万年的时间里,哺乳动物占据了所有曾经属于爬行动物的生态位,人类时代哺乳动物所有的目也都出现于这个时期。

那时诞生了众多陆生食草动物,包括有蹄类,比如马、猪,拥有能切割草叶和研磨食物的牙齿;大象,长着锥子似的象牙;还有小型的啮齿类,如鼠类和兔子,它们的前齿用来咬断食物,后齿用来磨碎食物。这些食草动物又是凶猛的食肉动物的猎物。昆虫和其他无脊椎动物则是原始食虫动物比如鼩鼱的食物,它们的牙齿足以撕开甲虫和千足虫坚硬的外壳。而贫齿类动物如食蚁兽和犰狳则完全没有牙齿。猴子和猿类这样的灵长类动物在森林里进化,它们的食物复杂多样,相应的齿也更加通用。所有这些都是有胎盘类哺乳动物。不过在孤立的大陆比如澳大利亚和南美洲,许多生态位被有袋类占据。

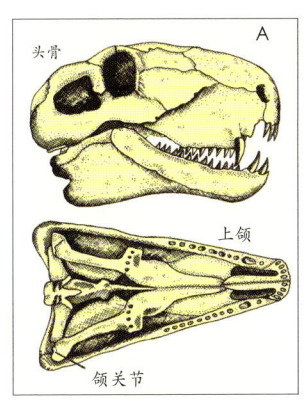 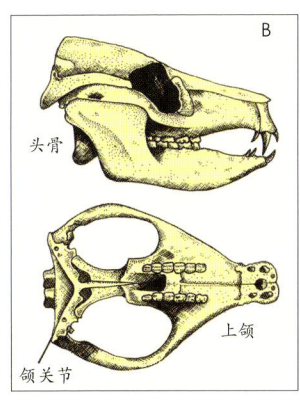 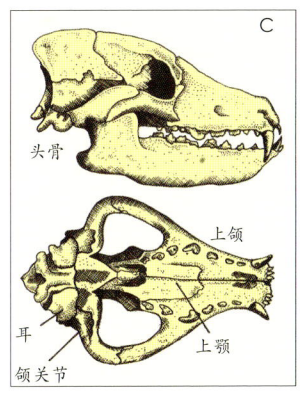

在从爬行动物到哺乳动物的进化过程中,颌骨变得越来越精细。为了让咀嚼更加精确,颌骨连接处向前移动。牙齿发生了分化,根据咬、嚼、刺等不同功能而具有不同的形态。原爬行动物的下颌关节在哺乳动物中已经合并到了中耳。哺乳动物还进化出了上颚,使得呼吸和进食可以同时进行。

A 早期类哺乳爬行动物(异齿龙)
B 晚期类哺乳爬行动物(小驼兽)
C 哺乳动物(犬类)

原本属于翼龙的天空被蝙蝠占领了，蝙蝠的翅膀由伸长的前肢和手指进化而成。蝙蝠主要在傍晚和夜间飞行，并不会与更善于飞行的鸟类直接竞争。

蛇颈龙、上龙和鱼龙畅游的水域则分别变成了海豹、鲸鱼和海豚的世界，它们进化出了像鱼一样的流线型身体和像桨一样的四肢。

第三纪早期，哺乳动物的种类不断增加，就像大自然把所有新造型都试了一遍，看看哪种最适合空白的生态位。之后，大浪淘沙，最后剩下的最适应环境的物种要少得多，哺乳动物的进化稳定下来。人类灭绝以及人类引起灭绝之后的状态也应该类似。大量新物种几乎立刻进化出来，然后减少到只剩少量成功的物种。

第三纪早期，陆生哺乳动物主要生活在森林里。到了中期，全球气候变化，温带和热带地区的草原面积扩大，为哺乳动物提供了更多开阔的环境。草原的地面植被——草是一种充裕的没有被开发的食物来源，但是，草中硅含量高，在食用草这种新型食物之前，要先进化出能用来研磨富含硅的食物的牙齿。草原上视野开阔，隐蔽困难，迫使生活在草原上的食草哺乳动物要用飞奔来躲避天敌，而捕食它们的食肉动物也必须跑得更快。

森林里进化出来的灵长类也大胆地跑到了草原上。其中一群灵长类采取了直立的姿势。为了适应在林间穿梭，能在高高的草丛里看到接近的捕食者，直立是一种很自然的发展选择。曾经的树居生活还为它们留下了一项遗产：敏捷且高度协调的手和眼。这种灵活性让它们能够使用工具——棍棒和石头，从而更有效地利用开发利用食物。灵长类高度的社会组织性也有利于获取食物，集体狩猎能够包围那些警觉又敏捷的猎物。智力的增长让它们能综合运用这些特点，管理复杂的社会结构，这些都为将来进化出人类奠定了基础。

人类时代

早期人类采集植物，狩猎动物，生活方式和周围的食草或食肉动物没有太大区别。虽然人类拥有能够设计工具和武器的智慧，组成的社会性团体能够提高狩猎和食物采集的效率，但这些都不会对环境产生严重的影响。

当人类不再只是狩猎和采集植物，而是把动物和植物带到一处照料的时候，改变人类生活方式的第一个重大变化产生了。这样做不仅能够避免狩猎的危险，而且，由于寻找食物的旅途不会再空手而归，也降低了挨饿的风险。农业由此开端。

起初，农业用地面积较小，相对影响也不大。然而，农业极大地改善了早期人类的生活，人口显著增加，越来越多的自然植被被清除，腾出土地用来种植和放牧。

随着人类智慧和使用工具能力的增长，人们发明出了工业化的流程生产工具，不但生产速度大增，而且更加便捷。发展大势无可阻挡，为了获取所需木材，大

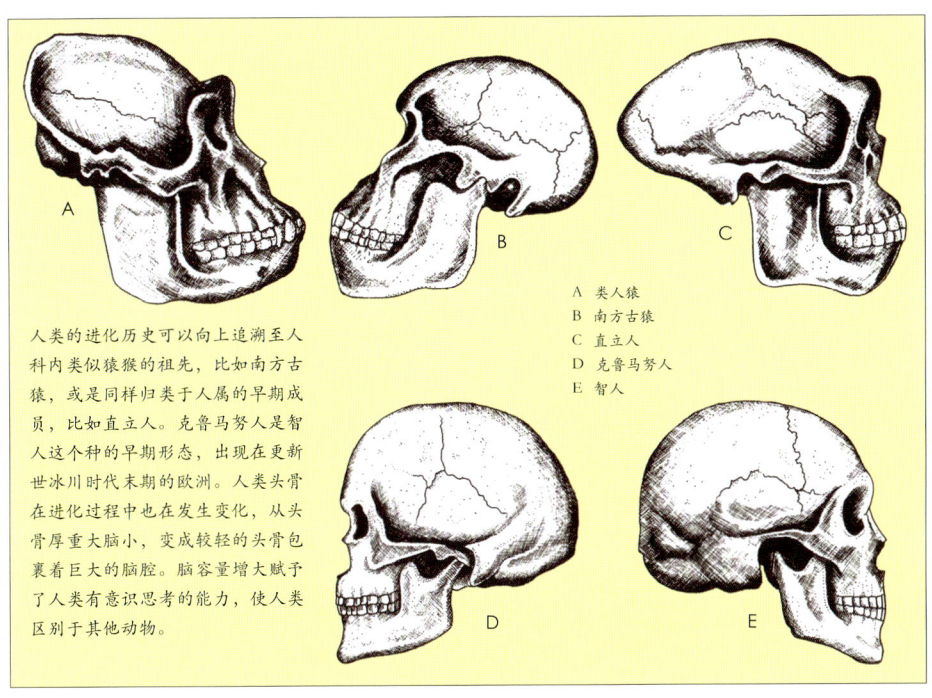

A 类人猿
B 南方古猿
C 直立人
D 克鲁马努人
E 智人

人类的进化历史可以向上追溯至人科内类似猿猴的祖先，比如南方古猿，或同样归类于人属的早期成员，比如直立人。克鲁马努人是智人这个种的早期形态，出现在更新世冰川时代末期的欧洲。人类头骨在进化过程中也在发生变化，从头骨厚重大脑小，变成较轻的头骨包裹着巨大的脑腔。脑容量增大赋予了人类有意识思考的能力，使人类区别于其他动物。

片森林被砍伐，为了取得燃煤，山丘被挖得千疮百孔。在几千年的时间里，地球景观变得面目全非。

人类的知识不断增长，尤其是在医学领域，通过人类的努力，消除或减少了因事故和疾病对人口的影响——这些自然用来控制人口的方式。在野外，致命的基因缺陷原本会被自然选择淘汰，现在却因为带着缺陷基因的人类生存繁衍而延续下来。世界人口呈指数增长，地球表面几乎没有人迹未至的地方。

最终结果是，当其他动物在进化过程中缓慢改变去适应自然环境的时候，人类却可以改变环境，让环境满足自己的当前需求，从而获得短期收益。人类的文明在进化之外高速发展，文明发展的成果不是通过基因而是通过学习传给下一代。虽然人类躲开了自然选择严酷的一面，但人类也因此无法享有自然选择带来的长期优势，简言之，人类的进化中止了。于是，人口数量已经让世界不堪重负，人类如果不有意地改造自然就无法生存。地球变成了一个仅仅供给人类基本需求就已经耗尽全力的世界，一个被人类废弃物污染的世界。

最终，地球将无法为人类农业、工业和医学提供所需要的原料，随着原料短缺，人类文明的支柱一根根倒塌，人类复杂而又相互关联的社会和科技大厦将轰然倒地。而人类已经不能适应自然，将会失控地冲向不可避免的灭亡。

随着主宰地球的物种消失，世界上的动物将进入一个长达数万年的进化混乱期。人类的灭绝会促使许多新物种出现，对于5000万年之后的世界来说，人类的消失绝对是对塑造世界有着重要意义的事情。

进化全景

下页的图表显示了一些在特定地质历史时期具有代表性的动物。图中所示时间是从人类时代起以百万年为单位向前追溯。

1. 利莫里亚燕尾蝶
2. 帕考斯珊瑚鱼
3. 橡叶蟾
4. 蛞蛇
5. 角面羚
6. 斯科鸟
7. 蜜蜂
8. 鲑鱼
9. 树蛙
10. 响尾蛇
11. 猛犸象
12. 火烈鸟
13. (a) 盔海胆 (b) 沙棱海胆
14. 剑射鱼
15. 蝾螈（未见完整化石）
16. 暴龙（恐龙）
17. 三角齿兽
18. 鱼鸟
19. 绳菊石（头足类）
20. 剑鼻鱼
21. 蝾螈（未见完整化石）
22. 梁龙（恐龙）
23. 三锥齿兽
24. 始祖鸟
25. 髻蛤（软体动物）
26. 新鳕鱼
27. 三叠蛙（蛙类动物）
28. 楯齿龙
29. 棘贝（腕足动物）
30. 古鳕鱼
31. 蜥螈
32. 异齿龙
33. 犬齿珊瑚（珊瑚）
34. 侧棘鲨
35. 双椎螈
36. 千足虫
37. 裂口鲨
38. 鱼石螈
39. 翼肢鲎（广翅鲎）
40. 伯肯鱼
41. 直角石（软体动物）
42. 玢石虫（三叶虫）
43. 斯普里格虫

代	纪	时间	无脊椎动物	鱼类	两栖动物	爬行动物	哺乳动物	鸟类
新生代	后人类的时代 哺乳动物第二次兴起 —— 人类时代 —— 第三纪 哺乳动物扩张期	0 65	1 7	2 8	3 9	4 10	5 11	6 12
中生代	白垩纪 开花植物出现	141	(a) (b) 13	14	15	16	17	18
中生代	侏罗纪 广袤的针叶林	205	19	20	21	22	23	24
中生代	三叠纪 沙漠气候持续	251	25	26	27	28		
古生代	二叠纪 大片沙漠	298	29	30	31	32		
古生代	石炭纪 "煤炭"森林的时代	354	33	34	35			
古生代	泥盆纪 以荒漠环境为主	410	36	37	38			
古生代	志留纪 最早陆地动植物出现	434	39	40				
古生代	奥陶纪 生命仍局限于水中	490	41					
古生代	寒武纪 只有海洋中存在生命	545	42					
古生代	前寒武纪 没有具有硬壳的动物		43					

第三章
人类之后的生命

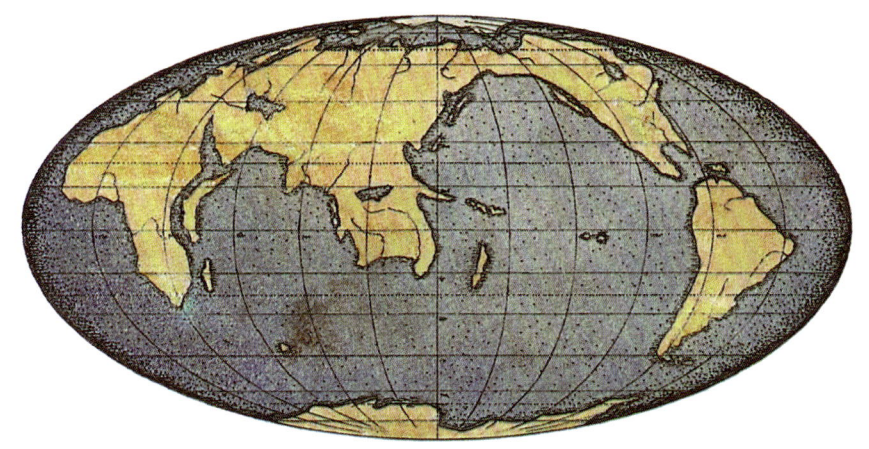

人类时代之后5000万年,非洲、欧亚大陆、北美大陆组成的北方大陆和澳大利亚连接到一起,形成一个新大陆。南美洲与北美洲脱离,回归了第三纪时期的孤立状态。

人类灭亡之后5000万年的世界仍然是人类熟悉的那个世界,气候、植被依然相似,改变的只有地形地貌。推动大陆漂移的板块运动使得欧亚大陆、澳大利亚大陆和北美大陆合而为一,南美大陆则成为孤岛。另一方面,动物虽然仍然分为鱼纲、哺乳纲、爬行纲等等,但是却变得大为不同了。尽管在大多数情况下,它们与人类所知的那些物种有着潜在的相似性。变化最大的是较高级的动物——鸟类和哺乳动物。因为它们的适应性,对环境的变化反应迅速,能够快速产生新物种。不过,地球上的主要栖息环境基本没有变化,环境并不是人类消失之后动物发生巨大变化的根本原因。大自然具有无限的可变性才是答案。适应既定环境的动物可能有很多种形态,最终选择哪种形态与动物的祖先有很大关系。如果有一种生物的某种特征在短时间内稍加改变就能承担新任务,那在进化的过程中这个特征会比从零开始的特征更为优先,哪怕从零开始的设计会更好。人类消失产生的生态空位为新动物出现提供了契机,而在后面的章节里我们将会介绍这些新动物为成功利用地球上的多样环境发生了怎样的变化。

第四章

温带林地和草原

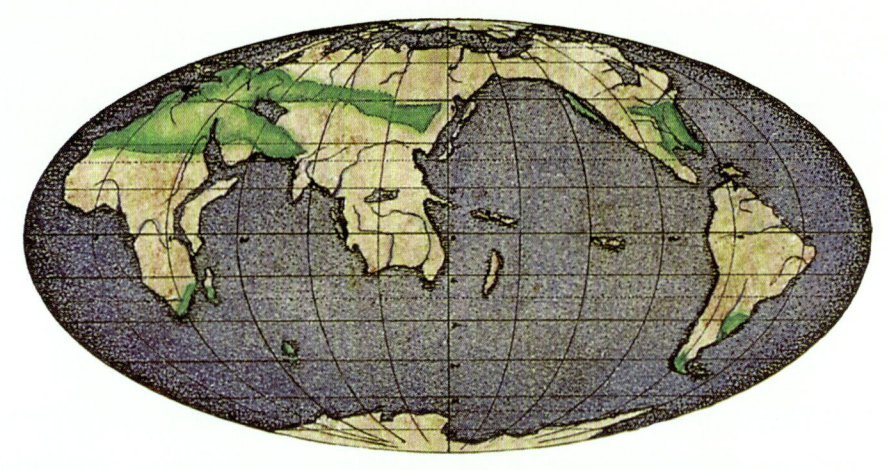

温带森林和草原在北半球像一条宽阔的带子似的环绕地球一周,只在高山和海洋处不连续,而赤道以南的温带栖息地却只是零星分布。

温带森林和草原是中纬度地区的特征,温暖的亚热带气团和寒冷的副极地气团在这里相遇。这个相遇点并不固定,而是随着季节的变换南北移动,而且由于各地地理情况和地形起伏的不同有很大差别。在温带低纬度地区,大陆西侧边缘地带往往有着干热的夏天和温湿的冬天。而大陆的东方则全年温暖湿润,只不过夏季雷暴频发。在纬度高一些的地区,副极地冷气团的影响更占上风,由于通常空气向东运动,气团把雨水带到了大陆西侧,给那里带去了无论冬夏都潮湿的气候。

温带湿润地区典型的植被是落叶林,但在降雨量大且冬夏气温差异不大的地区,也能见到针叶和阔叶混合的常绿林。通常,土壤类型和地势高低决定了当地的树种。松树生长在沙砾土和岩石裸露的地方,赤杨和柳树生长在河流和溪流两岸的渍水土壤里。不过,温带森林主要的树木类型是橡树、白蜡树、枫树和山毛榉。落叶林的特征是冬夏分明。夏天,繁茂的树叶交叠成连绵的伞盖,几乎没有阳光能直射到地面。而在每年一度的落叶之后,树木光秃秃地站在寒冷的天空下,树林里的动物就要面对新的日照和遮蔽条件，温度和降水也和夏季大不相同。

动物对此有很多应对方式，比如冬眠和迁徙。掉落的叶子形成了厚厚的肥沃土壤，其中含有三种植物养分：腐烂的植物体、腐殖质和黏土矿物。腐殖质缓慢地将营养物质释放到土壤中，并固定硝酸盐和磷酸盐等基本矿物质。黏土矿物里含有钾、钠和钙等光合作用必需的重要原材料。

在总降雨量为 25 至 75 厘米的季节性降雨地区，草地是当地的主要植被。尽管所有草原地区每年都会有持续几周或几个月的干旱季节，那时地表土壤完全干透。但是，总的来说，草原地区的基本特点是地下深处完全缺乏水分。草根浅，这种程度的缺水并不影响草的生长，但是却会影响深根的树木的生长。

在大约 5000 万年前的人类时期，温带森林和草原可能是生态环境破坏最严重的地区。人们砍伐树木以获取燃料以及居住和发展农业的空间。人们把大片草原化作耕地种植谷物，还开辟广阔的牧场畜养牲畜。人类消失之后，此类受人类影响的地区需要很长的时间才能恢复原状。人类对温带森林和草原的破坏造成了大量生活于此的物种灭绝。不过，毕竟还是有一些生物存活下来的，今天温带森林的动物就是这些幸存者的后代。

兔鹿

一种重要食草动物的进化

人类时代，以及紧临人类时代之前的一段时间里，大型食草动物主要是有蹄类。它们普遍体态轻盈，善于奔跑，用速度甩开捕食者。它们的牙齿特别适宜吃草和树叶。有蹄类也被人类广泛使用，人们饲养牛羊获取肉和奶，饲养绵羊获取羊毛，饲养多种动物获取皮毛，马和牛被束以鞍具，为人类干活，还是人们用来负荷的主要牲畜。这些家畜太依赖人类，所以当人类走向灭亡时，它们也无法幸免于难。

鹿这种温带野生有蹄类表现也并没好多少。大片的温带林地变成城市和农田，鹿的栖息地遭到了严重破坏。在严峻的生存压力之下，鹿的数量已经减少到再也难以恢复。谁将取代它们？整个生态位都空着，没有任何动物利用，哪种动物会占得先机？

人类时代有一种小型食草动物非常成功，成功到人们甚至认为它们成了灾害，那就是兔子。兔子会严重危害农作物，人们想尽了各种办法控制兔子的数量，甚至试图消灭它们，然而不管采取什么样的行动，却始终没有成功过。人类消失之后，具有广泛适应性和快速繁殖能力的兔子成功进化出了一系列不同的形态，其中最成功的当属兔鹿（*Ungulagus* spp.），占据了有蹄类留下的生态位。

起初，除了体型变大之外，兔鹿和它们的祖先兔子区别不大。环境中没有大型有蹄类食草动物，兔子

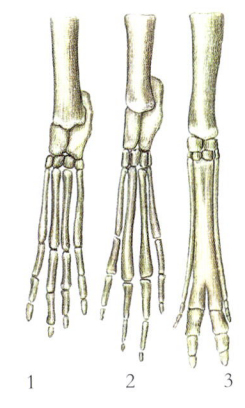

足部的进化——从兔子弹跳板状的脚部结构（1），逐渐进化成兔鹿由两根突出脚趾组成的便于奔跑的蹄子（3）。这里展示了进化中最主要的三个阶段（非等比例）。在中间阶段（2），第二趾和第三趾加厚，向前伸长，融合成蹄。

跳跃的兔鹿——小跳鹿仍然存在一些现生种，这些在进化上较为古老的兔鹿主要生活在森林中，以树叶和嫩枝为食。

沙漠兔鹿
Ungulagus flavus

沙漠兔鹿体型较小，长耳，短毛，毛色土黄。肩高不超过1.2米，分布于温带以南的所有荒漠地区。

山地兔鹿
Ungulagus scandens

山地兔鹿是兔鹿中体型最小、最常见的一种。它们广泛分布于北大陆的西部山区，已经适应了当地贫瘠的自然条件。

北极兔鹿
Ungulagus hirsutus

极地兔鹿生活在遥远的北方苔原和针叶林地区。它们体型较大，具有隔绝寒冷的层层脂肪，皮毛厚重浓密，冬季会变为白色。

普通兔鹿
Ungulagus silvicultrix

普通兔鹿是兔鹿的代表种，生活于温带森林中，高约2米，体表有花斑，为其在树林中活动提供伪装。普通兔鹿通常10至12只成群生活。

基本没有竞争对手，它们快速进化占据了大型有蹄类留下的位置。早期的兔鹿——小跳鹿（Macrolagus spp.），后腿强健，还保留着祖先跳跃的习性。但是，尽管跳跃在开阔的草地——它们的传统栖息地上是一种理想的运动方式，却并不适合空间有限的森林，于是，发生了更根本的改变，兔鹿开始像上个时代的鹿一样奔跑。现在，虽然早期进化线上的一些物种依然存在，但占据主导地位的已经是奔跑的兔鹿了。

这种重要变化出现在人类时代之后大约1000万年。体型迅速向鹿靠拢的同时，兔鹿也进化出了鹿的长腿和步态。兔子式的适于跳跃的后肢和多用的前肢逐渐变得细长、善于奔跑。脚也完全改变了，外侧的脚趾萎缩，第二和第三趾变成了能够支撑体重的蹄。这种形态非常实用，于是，这条进化线基本取代了跳跃，成为兔鹿进化的主方向。

兔鹿非常成功，各种不同的兔鹿广泛分布于世界各地，从遥远北方的苔原和针叶林到热带地区的沙漠和雨林，都能见到它们的身影。

跳跃的兔鹿运动方式类似于它们的祖先——兔子。

奔跑的兔鹿运动方式类似于人类时代的鹿。

捕食者

鼠类的崛起——地球上主要的食肉动物

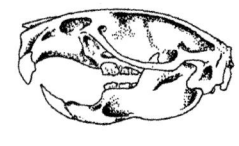

祖先鼠类的牙齿包含用来切断食物的门齿（前）和磨碎食物的白齿（后），这表明鼠类起源于食草动物。

猎鼠的前牙。

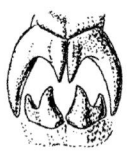

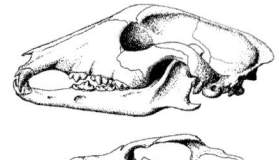

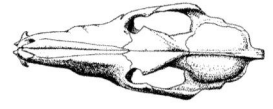

而食肉的猎鼠有用于刺入猎物身体的门齿（前）和剪刀似的白齿（后）。

在哺乳动物的世界中，食肉动物（食肉目的成员）曾经是传统的捕食者。它们牙齿尖锐有力，能够刺入猎物身体、杀死猎物、撕开血肉。它们的腿适宜跳跃扑击，可以骤然加速，突进到选定的猎物身边。在人类时代以及人类时代之前，狼、狮子、剑齿虎、鼬这些食肉动物就以温顺的食草动物为食，控制着食草动物的种群数量。然而由于过于特化，这些物种往往存在的时间不长。它们对环境和猎物数量变化过于敏感。食肉目中一个属的平均存在时间只有650万年。在人类时代到来之前，它们的发展已经达到巅峰，后来重要性不断下降。现在食肉目几乎灭绝，仅是在遥远北方的针叶林和南美孤岛上还能见到一些畸形和特化的种类。

食肉目作为哺乳动物中最重要的捕食者的地位，现在在世界各地已经由不同类群占据。在温带地区，这个生态位现在属于啮齿动物的后裔。

当食肉目还处于巅峰时期时，就有啮齿动物——特别是鼠类，开始吃肉和动物粪便。人类扩张到全世界，也带动了鼠类扩散。人类灭亡之后，在人类文明的废墟上，鼠类依然繁荣昌盛。鼠类能够生存下来，它们的适应能力功不可没。

虽然牙齿已经特化，但鼠类的食物范围依然广泛。

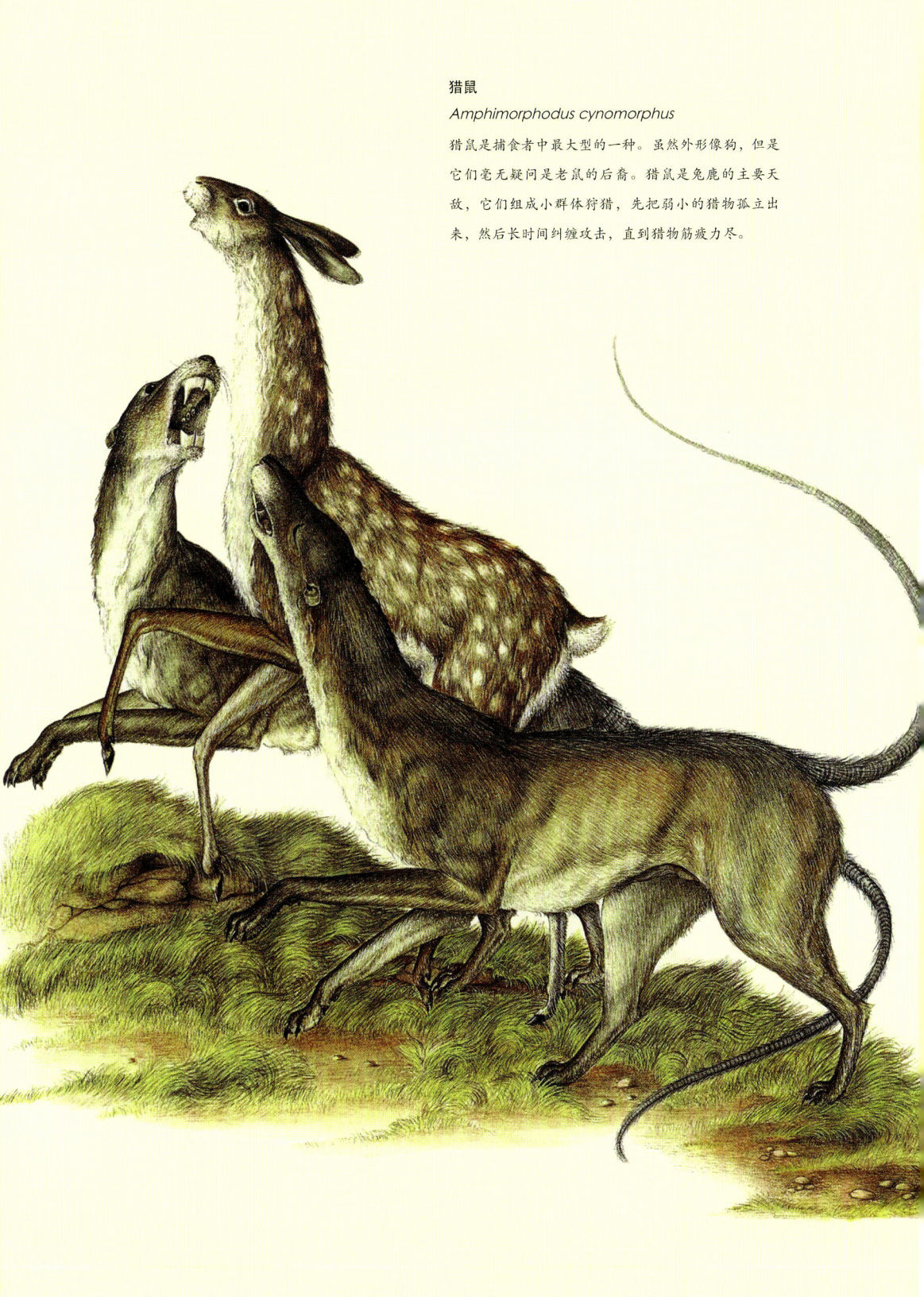

猎鼠
Amphimorphodus cynomorphus

猎鼠是捕食者中最大型的一种。虽然外形像狗,但是它们毫无疑问是老鼠的后裔。猎鼠是兔鹿的主要天敌,它们组成小群体狩猎,先把弱小的猎物孤立出来,然后长时间纠缠攻击,直到猎物筋疲力尽。

鼠类口腔前部有两颗锋利的门齿。门齿终生都保持生长，以应对不断磨损。门齿与口腔后部的臼齿由空隙分隔开，臼齿表面平整，用于磨碎植物性食物。这和典型的食肉动物牙齿有很大区别。食肉动物口腔前方是切开食物的门齿，之后是一对尖利的犬齿和交错的裂齿。

迅鼠
Amphimorphodus longipes
是北方平原的本土物种，它们脊柱高度灵活，善于奔跑，速度可达每小时100公里以上。

鼬鼠
Viverinus brevipes
是一种身体细长的掘穴食肉动物，与已经灭绝的白鼬和黄鼠狼极为相似，同样善游泳，会爬树，还能在地下追逐猎物。

猎鼠
Amphimorphodus cynomorphus
是温带地区最常见的食肉鼠类。

随着鼠类逐渐替代了衰落的食肉目，它们的牙齿也向着适应新角色的方向进化。门齿变得又长又尖，能够刺入猎物身体。门齿和臼齿之间的空缺变小，善于研磨的臼齿变得剪刀似的相互交错。颌关节也发生了变化，从适宜旋转研磨的结构变得适宜上下咬合，更加有力。牙齿的改变对于鼠类成为捕食者至关重要，使它们可以进化出众多种类，遍布世界各地。

温带平原和森林上的大型食草动物曾经是狼的猎物，现在则成了一种大型鼠类——猎鼠（*Amphimorphodus cynomorphus*）的猎物。猎鼠体型大，外形像狗，成群捕猎。鼠类进化成猎鼠，四肢发生了很大变化，原本适宜蹦跳的普通四肢变得更加复杂、适宜奔跑：足部变小且有厚实的足垫，腿部变长且肌肉和肌腱强壮。

第四章 温带林地和草原

地虎
Vulpemys ferox
体型近似已经灭绝的狐狸或是野猫,它们生有尖牙利爪,以小型哺乳动物和鸟类为食。

林下生物

生活在阔叶林地面的动物

象鼠有力的四肢和长牙使它们能在坚硬多石的土层中掘穴。

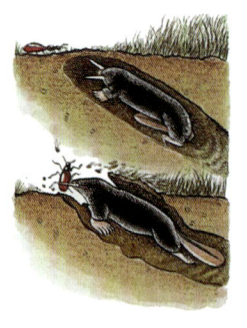

象鼠接近地面，静静潜伏，聆听上方的声音。当听到猎物接近时，它们就以尾巴为支撑，跳出地面，咬住猎物。

温带森林的地面铺着一层厚厚的腐殖质和枯叶，随着每年秋季落叶还会继续增厚，为各种各样的动物提供了丰富的营养物质和庇护场所。这些物质最主要的消费者是细菌和无脊椎动物，比如蠕虫和蛞蝓，而它们又为许多鸟类和哺乳动物提供了食物。因此，这里的代表性动物是食虫动物。食虫动物中不仅有传统的吃昆虫的种类，还有一些已经占据食肉动物的位置。

延续了传统食虫生活的物种有甲猬（*Armatechinos impenetrabilis*），它们是从早期的刺猬进化而来的，祖先的背刺在甲猬身上变成了铰合的盔甲板。当受到威胁时，甲猬把身体紧紧团起来形成坚不可摧的球体，捕食者几乎拿它们毫无办法。即使再饥肠辘辘的捕食性鼠类也会觉得拿它们果腹过于麻烦。

象鼠（*Scalprodens talpiforme*），长得非常像5000万年之前的鼹鼠，介于传统食虫动物和较新的食肉动物之间。它们过着穴居生活，体型呈流线型，皮毛柔软，脚像铲子似的。与鼹鼠不同的是，象鼠的嘴里伸出两颗巨大的獠牙，还生有一条桨状的尾巴。挖洞时，象鼠转动四肢，推动身体向前，獠牙撬开前方的土，再用脚把松动的土刨到身后，并用尾巴压实洞壁。除了蠕虫和穴居无脊椎动物之外，象鼠也捕食小型地面动物，比如老鼠、鼹鼠和蜥蜴。

甲猬

Armatechinos impenetrabilis

甲猬生有甲片，身体能卷曲成一个完整的球体保护自己。甲猬身体展开时体长30厘米。

橡叶蟾

Grima frondiforme

树叶状突起若因成熟寄生虫而染成绿色（左），橡叶蟾会更容易被捕猎者捕获，而没有染色的树叶状突起（右）则提供了伪装。

最有趣的一例食虫动物变成肉食性动物的代表是橡叶蟾（*Grima frondiforme*）。橡叶蟾背部的凸起部分非常像一片掉落的橡树叶，这正是其得名的原因。橡叶蟾半埋在落叶堆中，与环境融为一体。它一动不动，只伸出圆圆的粉红色的舌头，像是蚯蚓在蠕动。所有靠近一探究竟的小动物都变成了它的美餐。橡叶蟾真正的天敌只有食肉鼠类。

橡叶蟾和猎鼠类动物之间存在着一种奇妙的关系。橡叶蟾的血管中生活着一种寄生虫，这种寄生虫的幼体生活在橡叶蟾体内，成体生活在食肉鼠类体内。当寄生虫快要成熟的时候，会产生一种染料，让橡叶蟾背上树叶状的部分变成鲜艳的绿色。而这时是冬天，宿主蟾蜍会变得非常醒目，很快就会被吃掉。这样，寄生虫就进入了食肉鼠类体内，在它们体内发育成熟、繁育后代。寄生虫的卵通过食肉鼠类的粪便排出，被甲虫吃掉，甲虫再被树叶蟾吃掉，寄生虫就又

橡叶蟾用蠕虫似的长舌诱捕猎物。

回到了蟾蜍体内。寄生虫需要在橡叶蟾体内生活至少三年，才能感染食肉鼠类。而橡叶蟾在十八个月就性成熟，所以在被寄生虫暴露给捕食者之前所有蟾蜍都有机会繁衍后代。

树栖动物

树冠上的哺乳动物和鸟类

落叶林中生活在树上的植食性哺乳动物，春天以嫩枝和叶芽为食，秋天以水果和坚果为食。一种体形细长的松鼠——弓鼠（*Tendesciurus rufus*）正是这样一种具有代表性的哺乳动物。它们由生活在北方针叶林的掘穴啮齿动物直接进化而来，其独特的细长外形就是源自这种穴居动物。来到南部温带森林后，它们不再需要挖洞躲避严酷的冬天，所以它们用于开凿和啮咬的牙齿缩小，变得更像其更远房的祖先——灰松鼠，而体形依然非常适宜在树上生活，并未发生变化。

离开了掘穴生活，为了适应新环境，弓鼠的腿和脚也都发生了变化。它们尽管后足依旧短小，但变得更加有力，发育出强健且富有抓力的爪子，短尾下部变硬，生出鳞片，和后脚组成稳固的三角锚，使它们在伸出身体去采集食物时能牢牢地固定在树干上。

弓鼠并不具备祖先松鼠那样的跳跃能力，它们只

木象脚下长着敏感的刚毛，能够感知树皮下极其轻微的运动。

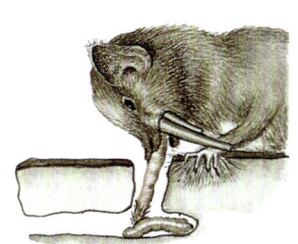

木象用凿子似的长牙在树皮上钻洞，用具有软骨顶端的长吻提出树皮里的幼虫。

弓鼠

Tendesciurus rufus

弓鼠依靠尾巴和后腿抓牢树干,身体能向任意方向伸展,采集食物。弓鼠的后腿下方覆盖着坚硬的皮革似的皮肤和鳞片,当向前移动时,它们的身体一弓一伸,犹如毛毛虫。

能通过抓住相邻树木的树枝才能在树木间移动。因此，弓鼠常见于茂密的丛林。弓鼠的天敌是猛禽，只有这些捕食性鸟类才能威胁到在树顶觅食的弓鼠。弓鼠保留了祖先在树洞中筑巢的习性，经常会将钻木鸟类凿出的树洞占为己有。

钻木还是一种食虫动物——木象（*Proboscisuncus* spp.）的特长。木象长得像鼩鼱，从树皮缝隙中挖出昆虫为食。木象脚上生有大量感觉灵敏的刚毛，耳朵也非常大，能帮助它们侦测到在树里掘穴的昆虫幼虫。木象发现幼虫后，先用凿子似的长牙在树皮上钻一个足够大的洞，然后把象鼻似的长吻伸进去抓出虫子。有时候虫子会串在尖牙上，必须小心取下才能吃到。

鸟类才是树林真正的主人。1亿年前，大型爬行动物灭绝后，鸟类进化出了不计其数的种类。鸟类善于飞行，可以抵达树冠高处，那里几乎没有其他动物，要比在地面上安全得多。很快，鸟类就完美适应了树上生活。许多生活在林中的鸟都进化出了对生的弯曲脚趾，便于抓住树枝。树鹅或者称为吊鹅（*Pendavis bidactylus*）的脚趾数量已经减少到两个，而且永远保持弯曲状态，使树鹅可以轻松倒挂在树上。对于它们的身型和体重来说，倒挂比长时间站立更省力，所以它们倒挂着休息。

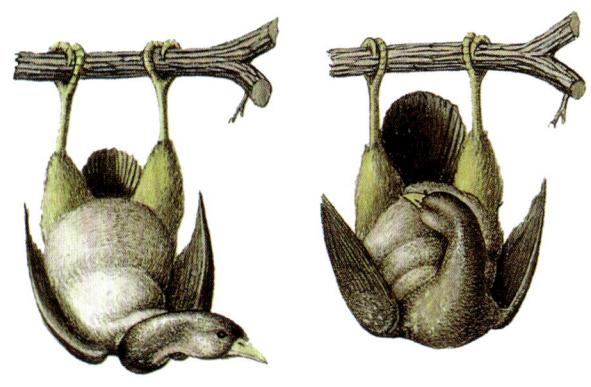

树鹅或称吊鹅的休息姿势。

夜行动物

温带森林的夜生活

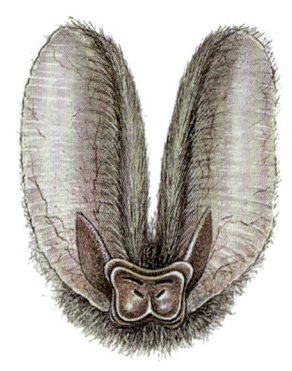

啸蝠敏锐的耳朵位于脸部，正面朝前，能够最大限度地接收音波。

最大的猫头鹰眼猛禽，站立时有一米多高。

夜幕降临在温带森林，白日里的动物睡去，换由夜行动物登场。夜行动物有夜行性鸟类、蝙蝠、昆虫，种类之多，数量之大，毫不逊色于日行动物。黄昏来临，飞蛾和夜间活动的飞虫出现在空中，食虫的蝙蝠穿梭捕食。蝙蝠最早出现于1亿年前，它们的形态和生活方式非常成功，直到今天，在世界上绝大多数地区，蝙蝠的外形依然保持稳定，除了眼睛消失、面部进化出了更为复杂的回声系统之外，几乎没有其他改变。

啸蝠（*Caecopterus* sp.），因为奇怪的叫声而得名，广泛分布于整个温带。较早的蝙蝠一般用高频声波定位，而啸蝠使用的声波频率范围更广，甚至到了人耳能够听到的范围，它们能够描绘出更为精细的地形图。

兼具鹰隼和猫头鹰特点的大型猛禽，无声无息地穿梭于树枝间，时刻注视着地面的一草一木，捕捉粗心大意的小动物的身影。它们朝向前方的巨大眼睛，就像广角镜头，增加了到达视网膜的光线量，呈现出整个视野范围内的三维图像。卓越的视觉让它们能够准确测量距离，能够在几乎全黑的环境中狩猎。长耳鼠兔（*Microlagus mussops*）正是它们的猎物之一。

长耳鼠兔是兔子的后裔，它们和古代的小型啮齿动物——老鼠、田鼠，构成了直接竞争关系。在一些地区，长耳鼠兔已经完全取代了老鼠和田鼠；而在另

啸蝠
Caecopterus sp.
啸蝠的声呐系统在大多数温带林地蝙蝠中具有代表性。

尖嘴兽
Terebradens tubauris
尖嘴兽体长约12厘米,它们用喙刺入土中捕捉蠕虫和昆虫幼虫。

长耳鼠兔的长耳朵揭示了它的祖先其实是兔子。

一些林地,由于环境特别适宜生存,啮齿动物依然兴旺。长耳鼠兔在很多方面都和小型啮齿类动物极其相似,尤其是在体型上。不过它们的头部和尾巴更像其祖先——兔子。长耳鼠兔夜间进食,白天躲在树根之间的缝隙或地洞里休息。

猛禽捕食的另一种小动物是尖嘴兽(*Terebradens tubauris*),一种和树生鼩鼱有亲缘关系的食虫动物。尖嘴兽的上下门齿都向前伸出,形成类似鸟喙的结构,用于捕捉松软泥土或落叶堆里的虫子。尖嘴兽没有眼睛,也没有眼睛退化留下的痕迹,但是它们生有许多感觉敏锐的胡须,听力也格外灵敏。尖嘴兽的耳朵相对于体型来说非常大,可由耳根处一组特别的肌肉控制,卷成喇叭形,可以扒在地面上聆听地下挖掘的声音。

虫獾(*Melesuncus sylvatius*)的体型就要大得多了。虫獾也是食虫动物的后裔,但体型和形态却与已经灭绝的獾相似。它们夜间在灌木丛里觅食,捕捉遇到的所有猎物。它们鼻子较长,生有宽阔的前爪,便于挖土,既能捕食掘穴动物,又能在树根旁的松软泥土里挖洞筑巢。

虫獾和獾的外形相似,这是一个趋同进化的典型例子。

湿 地

沼泽里的生命

温带地区的湿地零星但广泛分布于北大陆各地，不仅包括严格意义上的水生生境，比如池塘、湖泊、河流，还包括海边的盐沼和湿地，排水性较差的内陆泥沼以及洪水定期泛滥的地区。

这类栖息地的环境条件差异很大，盐度、含氧量、透光性和水流等各不相同，几乎每处都有自己的小生态系统和相对应的动物群，每类动物都具有代表性。

沼鼩（*Aquambulus hirsutus*）是其中最特别的一种水生哺乳动物。沼鼩是小型食虫动物，由原始鼩鼱进化而来。沼鼩的体长不到5厘米（不包括尾巴），是现存最小的哺乳动物之一。它们体型瘦小，脚和尾巴却宽阔且覆盖着防水毛发，体重分摊到了相对较大的面积上，因此，它们能借助水的表面张力在水面滑行。沼鼩的食物主要是生活在水面下方的蚊子和蠓的幼虫，它们用长吻穿透幼虫的外皮，直接在水中吸干汁液。这样就避免了扰动水面，因为水面一动，水的表面张力会被破坏，猎物也会被吓跑。

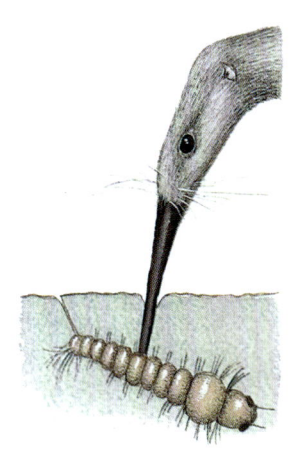

沼鼩嘴尖细，呈软管状，末端长有细牙，用于刺穿昆虫幼虫的外皮。

河岸湖边还有一种常见的哺乳动物——伶仃兽（*Harundopes virgatus*）。它们经常在芦苇荡中出没捕鱼，腿和脖颈细长，身上生有竖纹，让它们在芦苇中完美地隐藏了身形。伶仃兽的头部和颈部最不寻常。几乎所有哺乳动物的颈椎骨都是7节，而伶仃兽有15节。这是因为脖子长的个体捕鱼时更有优势。

伶仃兽静静站在水中，当有鱼游到身下时，迅速将头扎进水中叼住鱼，然后直起脖子，把鱼吞下去。伶仃兽的颈椎骨数量比大多数哺乳动物的两倍还多，长脖子让它们在捕鱼时拥有明显优势。

伶仃兽
Harundopes virgatus
伶仃兽肩高大约1米，腿纤细，小腿部分生有短毛，既能起到伪装作用也能起到保护作用。

沼鹬
Aquambulus hirsutus
沼鹬的脚上覆盖着细密的毛发，它们能在水面行走而不会下沉。

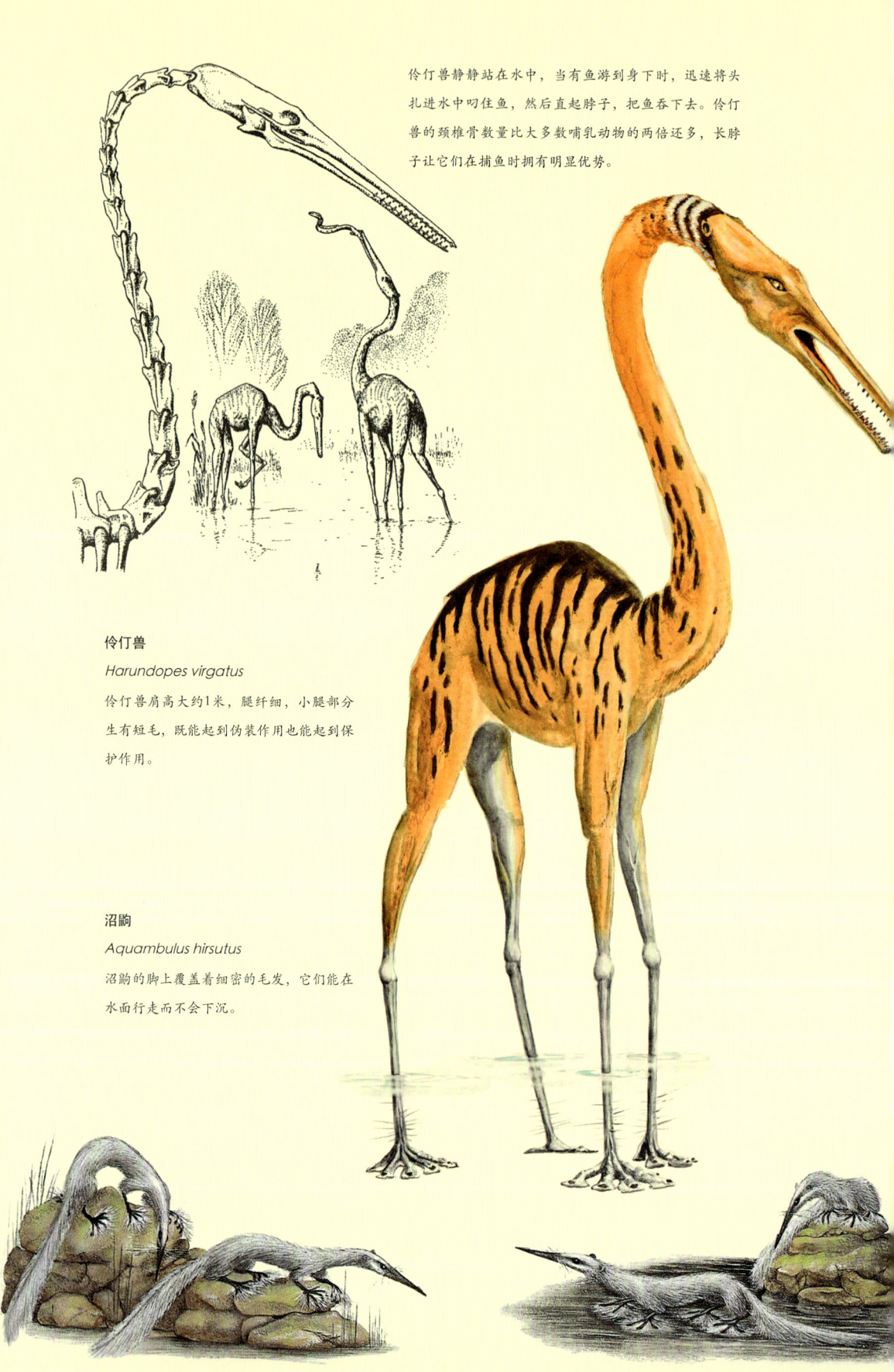

多出来的颈椎骨进化出来的时间并不长。它们的牙齿退化，变回了类似爬行动物的形态，门齿、犬齿和臼齿的区分几乎消失。特殊的脖子和牙齿与伶仃兽的捕鱼方法相得益彰。它们会猛地把长脖子扎进水里，然后用钢针似的尖牙咬住猎物。

生活在北美次大陆的垂钓鹭（*Butorides piscatorius*）也是捕鱼高手。它们会在水边树荫下用河泥建造水坝，围出小水塘。然后在靠近水塘的岸边，堆积粪便、鱼类残骸吸引甲虫和飞蝇，再把这些昆虫扔到水中，引诱鱼进入便于捕捉的小池塘。

世界上有很多种不会飞的鸟类，但幼时会飞长大却不会的鸟只有长颈河乌（*Apterocinclus longinuchus*）。长颈河乌生活在欧洲次大陆，在它们的生命历程中，先经过一段会飞的时期，然后又变得不会飞。早期，长颈河乌的翅膀正常发育，但迁徙离开出生地后，它们只生活在地面上，只在地上跑、水里游，再也不飞了。于是翅膀失去了作用，逐渐变得无力、萎缩退化。

垂钓鹭在它的"鱼塘"里放下鱼饵，之后藏在附近的芦苇里，一动不动地盯着水面。

幼年时期能够飞行的翅膀

性成熟的长颈河乌翅膀已经退化，只能在奔跑时维持平衡或在水中游泳。

长颈河乌

第五章
针叶林

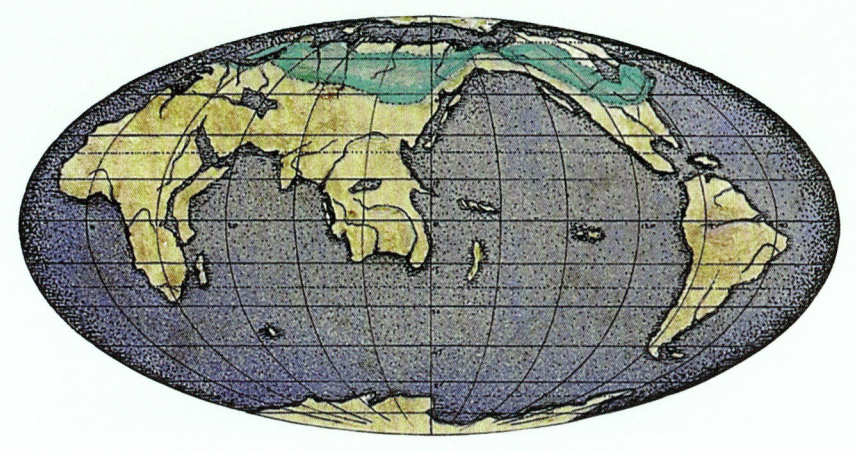

针叶林生长的地区是树木能够生存的最寒冷的区域。世界上最广阔的针叶林位于北大陆的北部,毗邻苔原。

　　北大陆的针叶林是世界上最大的连续森林。针叶林能在高纬度地区生长,是因为针叶树是常绿树种,只要环境适宜,立刻就能进行光合作用,而不像落叶树那样,还需要先长出叶子,针叶树用这样的方式解决了生长季节过短的问题。根据纬度不同,每年针叶林的生长期只有50到80天。针叶树的果实生长和繁殖也要适应气候条件。落叶树的授粉和果实成熟都在同一年中完成,针叶树却不是。雌球花受精也许要一年多才能完成,松果成熟也许要三年以上的时间。

　　针叶林中落叶稀少,而且这里天气寒冷,不利于掉落松针的自然腐烂,一切物质只能慢慢分解,土壤层很薄,灌木稀疏,甚至没有灌木。生活在此的哺乳动物大部分是食草性动物,以苔藓、松针、树皮、松子为食。食虫的鸟类相比吃松子和嫩芽的鸟类要少得多。

　　在这里,森林大火是常事,大火往往发生在树木干燥的春天。大片森林在大火中被摧毁。大火过后,重新占据这里的是落叶乔木,如桦树、赤杨和花楸树,不久之后这些树木就又会被适应当地气候的云杉、落叶松、雪松或其他松树替代。

针叶树典型的又高又尖的树形是冬季承受积雪的最佳形态。春天，当积雪融化时，又能让积雪快速掉落。针叶树的根系沿着土壤表层延伸，极为适应这里土壤层浅薄的环境。

　　在北大陆的北部，底层土壤常年冻结，水分不能渗入地下，湖泊、溪流和沼泽密布，岸边生长着苔藓和莎草。森林变得更加稀疏，和苔原交织。地势较高的地方会出现大片苔藓和地衣。在这片交界区，河流附近的森林还能保持茂盛，森林会沿着山谷深入苔原的腹地。而在针叶林带的南端，针叶树逐渐融合到了落叶林中。

　　在常规纬度范围之外，世界上其他地区也有零星分布的针叶林。这样的针叶林一般位于山坡上，受高度影响，那里的气候条件类似于极地附近。

　　人类时代，因为农业和商业性林业发展需要，针叶林带的环境遭受了巨大的破坏。大面积的土地暴露在风雨的侵蚀之下，土壤结构遭到破坏，保水能力降低。针叶林需要时间恢复元气，动植物并不会马上重新占据这片地区。

植食性哺乳动物

角面羚的进化

食叶动物是针叶林带体型最大的动物。夏天它们主要吃嫩枝和松针，其他季节则吃树皮、苔藓和地衣。

在北大陆，那些从非洲次大陆的魁羚进化而来的动物最为繁盛。生活在针叶林中的角面羚正是其中之一。角面羚虽然已经比它们的远祖——羚羊体型大得多，但却还是没有达到魁羚的体型。能在体型上超过魁羚的，只有生活在更北的苔原上的那些长毛的种类。

北方地区拥有两种不同体型的魁羚后裔是因为曾经有两次发生在不同时期的迁徙。第一次发生在 4000 万年前，那时，非洲和欧洲之间巨大的山脉屏障尚未形成。大概在同一时期，非洲平原上兔鹿取代了羚羊。而那时还在进化早期阶段的魁羚被迫向北迁徙进入针叶林，在针叶林里繁荣发展，进化成了站立肩高约 2 米的角面羚（Cornudens spp.）。

第二次迁徙是更近期发生的，大约 1000 万年前，魁羚已经进化成了现代形态，体型近似大象。隔绝印度次大陆和亚洲其他地区的连绵山脉受到侵蚀，打开了一条新的通向北方的通道。魁羚羊又开始向北扩散，逐渐占据了苔原，演变成长毛魁羚（Megalodorcas sp.）。

角面羚的祖先抵达针叶林不久之后，颌骨和角就开始进化，以适应新环境。与几乎已经灭绝了的反刍动物一样，角面羚大多没有上门齿。它们用下门齿和

始角面羚
Protocornudens
生活在3500万到4000万年前，体型较小，外形更像羚羊。头部尚未出现角板。

华丽的角在求偶和雄性为了争夺统治地位而进行的争斗中都非常重要。

盔角面羚 ▶
Cornudens horridus
与其祖先羚羊相同，盔角面羚咬合时，是下门齿和上颌的一块骨垫对碰。

水角羚 ▼
Cornudens rastrostrius
水角羚的颌骨伸长变宽，便于吃水生植物。

普通角面羚 ▲
Cornudens vulgaris
后来的角面羚，比如普通角面羚，下颌更长，咬合时是下门齿与头部角盔的尖端对碰。

口腔上部的骨垫啃食青草。然而，这样的组合并不适合在针叶林中觅食。于是，变化出现了。首先，头上的角质板向前延伸，变得近似鸟喙，与之相对，下唇肌肉变得发达，向前生长，这样，嘴就变得比门齿所在位置更靠前。这种原始的状态还能在一些现代种中见到，比如盔角面羚（*Cornudens horridus*）。而在更先进一些的形态中，下颌骨也向前伸长，下门齿与上面的角质喙直接接触。这种形态变化是进化压力造成的，只有这样的个体才能成功的吃到嫩枝、树皮、苔藓，才能在针叶林里生存下去。角面羚眼睛上方覆盖的角，还具有防御作用。

水角羚（*Cornudens rastrostrius*）角的结构进化得更为复杂。水角羚生活在湖边和河岸，它们的角骨板向前延伸，形成耙状结构，用于啃食溪流浅塘中柔软的水草。水角羚每只脚上有两个分得很开的宽蹄，中间有皮肤连接，这样它们便不会陷入软泥和沙子中。水角羚的生活方式很像鸭嘴龙。鸭嘴龙是一种长着鸭嘴的恐龙，生活在爬行动物时代后期。

角面羚的角在少年时期至成年早期逐渐形成。盔角面羚需要长到三岁才能完全成型。

猎手和猎物

捕食者和被捕食者之间的关系

宽吻鹰是针叶林中最大的猛禽。

虽然和宽吻鹰亲缘关系很近，但白眉椋鸟更像它们的共同祖先椋鸟。

就像生活在其他环境中的动物一样，针叶林里的动物也形成了一条以肉食性动物为终点的食物链。同温带森林一样，这里最凶猛、最常见的猎手也是肉食鼠类。它们成群在林中捕猎，追逐兔鹿群和角面羚群，挑选体弱年老的个体，直到其筋疲力尽，然后轮流进攻，用锋利的前牙撕咬猎物。但是，角面羚长有尖角，当捕食者狩猎角面羚时，它们也面临与被捕食者同样的危险。

针叶林中有一种独有的捕食者——狮鼬（*Vulpemustela acer*），这是一种黄鼠狼似的大型动物，也是现今食肉目仅剩的几个种之一。狮鼬体长达2米，是目前为止该区域最大型的肉食性动物。狮鼬能生存到现在，很可能因为它们身体较低，体格健壮，能够在稀疏的灌木里奔跑，突然加速扑向猎物。狮鼬以小家庭为单位生活，经常成对捕猎。

捕食者并非只有哺乳动物，鸟类也捕食了相当数量的小型动物。宽吻鹰（*Pseudofraga* sp.）是一种大型猛禽，翼展超过1米，生活在北大陆的西部森林中。它们是椋鸟的后裔。人类时代，很多古老的大型猛禽灭绝，椋鸟进化后占据了它们留下的生态空位。宽吻鹰的尾巴呈圆形，翅膀宽阔钝圆，使它们可以迅速飞行，且能灵巧穿梭于树木间的狭小空间中。宽吻鹰的鸟喙笔直有力，利爪强壮，便于捕食猎物。

刺尾松鼠用尾巴在自己和狮鼬之间摆下了一道棘刺屏障。

狮鼬
Vulpemustela acer

刺尾松鼠
Humisciurus spinacaudatus

现生海狸的后肢和尾巴已经连到一起,可以非常方便地抓住松树粗糙的树干。

现存与宽吻鹰亲缘最近的物种是白眉椋鸟(*Parops lepidorostrus*)。白眉椋鸟与宽吻鹰完全不同,这种鸟只有10厘米长,鸟喙细长,善于从树皮中捕捉昆虫。

针叶林中生活着如此之多的捕食者,小型哺乳动物进化出了种类繁多的自保手段就不足为奇了。刺尾松鼠(*Humisciurus spinacaudatus*),就是小动物发挥聪明才智的一个典型例子。刺尾松鼠的尾巴又长又宽又平,尾巴的下面长有棘刺,棘刺平时贴地平放。当受到惊吓时,刺尾松鼠就会把尾巴猛地甩到背上,尾部皮肤突然收紧,使棘刺立起,变成难以穿越的屏障,而且还能转动挡住来自任何一侧的攻击。

一种较大的啮齿动物——海狸,在哺乳动物时代适应了半水生的生活,也在一定程度上抵御了捕食者。人类灭绝之后,海狸(*Castor* spp.)进化得更加适应水中生活,它们的尾巴和后腿融合成一条桨,当脊椎发力,尾桨上下摆动,可以让它在水中快速行进。眼睛、耳朵、鼻子都挪到了头顶,这样,当身体其他部位浸在水中时,耳眼鼻依然能保持在水面之上。最令人惊讶的是,海狸的尾桨并不会对其在陆地上的活动造成影响,它们还能爬树,能稳稳地待在树腰,这又扩大了它们的食物和建巢材料的来源。

现生海狸游泳动作需要全身共同参与。

第五章 针叶林 77

海狸的巢穴用泥巴和树枝搭建而成,出入口都在水面以下。

树栖动物

生活在针叶树上的鸟类和哺乳动物

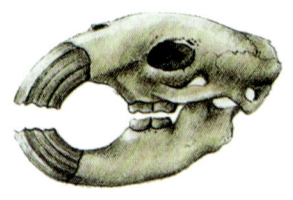

凿齿鼠根基深厚的门齿是掘穴的好工具。

每个春天,凿齿鼠都要重新选择一棵树,建造过冬的巢穴,巢穴中的通道和巢室像迷宫一样。

纵观整个哺乳动物时代,啮齿类都是针叶林中最成功的类群。它们牙齿有力,咬得动针叶林中最坚硬的植物;皮毛厚实温暖,可以在冬眠的时候保持体温。

凿齿鼠(*Tenebra vermiforme*)是一种和温带森林的弓鼠有亲缘关系的啮齿类动物,它们高度适应针叶林环境。凿齿鼠巨大的门齿和蠕虫般的身体,使它们可以在树干上挖掘深穴,以躲避冬天的酷寒。虽然,从某些方面来说,凿齿鼠位于进化上较先进的位置,但是,它们寄生的生活方式却又相当原始。凿齿鼠主要以树皮为食,它们把树皮从树上剥下来,留下光秃秃的树干,再加上在树上打洞造成的破坏,树木会在几年之内死去。

凿齿鼠只居住在活的森林里,所以它们要不停地迁徙。每个春天,冬眠醒来之后,新一代的年轻个体就要出发去寻找新的领地了。凿齿鼠的迁徙之旅危险重重,许多个体都会葬身捕食者之口。凿齿鼠和捕食者之间的数量平衡非常重要,只要捕食者的数量少一点点,凿齿鼠就会泛滥到毁掉大片针叶森林。

针叶林中的其他啮齿动物没有这么强的破坏性。它们大多数吃嫩枝、树皮、松子。它们大多生活在地面上,以掉落到地面上的松果为食。另外一些体型轻巧,动作敏捷,可以爬到树枝上采摘松果。

吊尾鼠(*Scandemys longicaudata*)是一种体

普通松鸟
Paraloxus targa
松鸟雌性和雄性之间的差异大到看上去就像是不同的物种。雄性厚重的鸟喙能像胡桃夹子似的砸开松果。

吊尾鼠
Scandemys longicaudata

凿齿鼠
Tenebra vermiforme
凿齿鼠在活着的树上挖洞,为自己建造位于树干深处的巢穴。

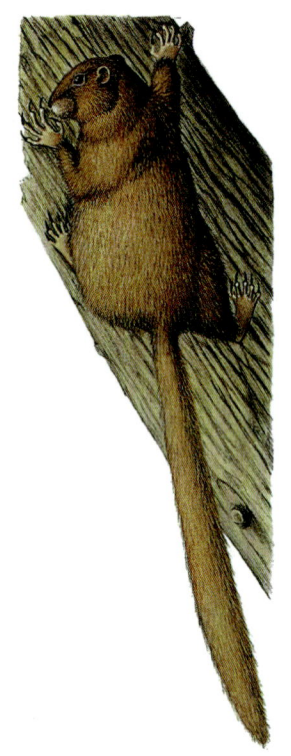

吊尾鼠的长爪帮助它们紧紧抓住树皮。它还能用尾巴悬挂在树枝上，吃到体型相近动物无法接近的松果。

型较大的形似田鼠的啮齿动物，它们能用尾巴缠绕在树干上。吊尾鼠体型过重，无法爬上生长着松果的细松枝，于是，它们用尾巴挂在临近的较结实的树枝上，伸出前爪采摘松果。和其他大小接近的啮齿动物相同，吊尾鼠也会采集吃不完的松子，储存在巢穴里，留给缺少收获的冬天。它们用草、树皮、松针编织冬眠窝，小窝挂在树枝末端，长长的从树上垂下来，里面舒适宽敞，能装下吊尾鼠和足够过冬的食物。

针叶林中生活着许多吃种子的鸟类，迄今为止已知最大的一种是松鸟（*Paraloxus targa*）。松鸟的雌性和雄性在外形和习性上都存在巨大差异。雄鸟更加强壮，鸟喙粗大，能够撬开松果食用松子。雌鸟则颜色单调，个头小巧，没有雄鸟似的粗大鸟喙，是彻头彻尾的食腐动物，腐肉、昆虫、蛆和鸟蛋，什么都吃。松鸟的祖先很可能外形近似现在的雌鸟，为了在求偶过程中展示自己，雄鸟进化出了现今华丽的外观，饮食习性则是次生进化。

第六章
苔原和极地

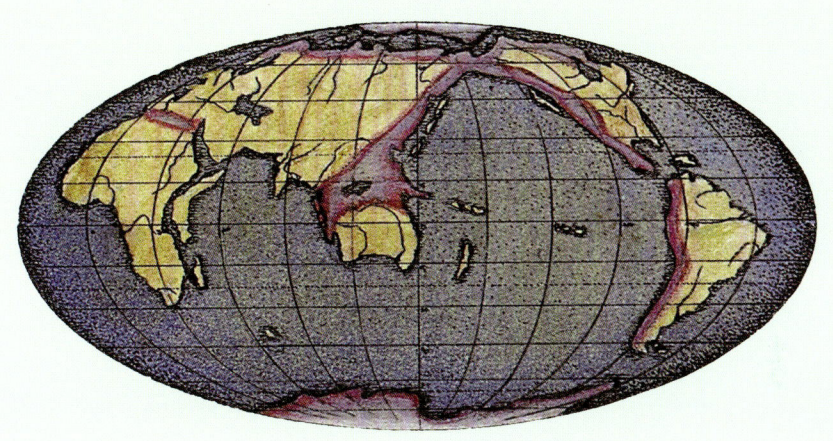

两极和高山都有苔原和极地生境分布，这些地区的环境大致相同，区别仅在于一是由于纬度影响，一是由于海拔影响。

两极附近是地球上最荒凉的区域，那里常年覆盖着连绵不断的冰雪，没有植物生长。由于地轴倾斜，一年中有些时段阳光无法照射到两极，黑夜会持续数月。即使在阳光持续照射的夏季，光线照射到地面的角度也太小，带来的热量很少。南极洲大陆和北冰洋的冰盖上都是这样的环境。

北冰洋会被冰雪覆盖，也和北极的海水盐度低有关，咸一些的海水不会冻结到这样的程度。北冰洋和大西洋之间有一道岛链阻隔，海水难以交互循环。这条岛链以前是一座单独的岛屿——冰岛。欧洲板块和北美板块分离，大西洋中脊喷出的熔岩形成了冰岛。随着板块进一步分离，大西洋继续扩大，横跨大洋中脊的冰岛就被分裂成了两半，向着相反的方向运动。在分离的两部分之间，持续的火山活动生成了一系列新的岛屿。在几乎相距180度的北冰洋的两端，地壳运动导致白令海峡闭合，北美和亚洲连接成为一块巨大的大陆——北大陆。于是，北冰洋完全被陆地包围，而同时，周边大陆的河流还在不断向其中输送淡水。

极地冰盖边缘地势较低处一般是苔原。冬天，这里像北极荒漠一样寒冷和荒凉，但夏天温度能上升到冰点以上，日间平均气温或许可达到10℃。夏天，积雪融化，但地表以下是永久冻土——永远都不会融化的土层，雪水无法排走，只能灌入空洞和洼地。

春天的苔原会发生惊人的变化。突然间植物就爆发似的生长出来，抓紧利用短暂的生长季节。由于夏季短暂，大部分苔原植物不像温暖地区那样产生种子，而是采用无性繁殖，无性繁殖更快，也就更成功。而这里的有性繁殖植物则会产生高度耐霜冻的种子。苔藓、地衣和低矮的草本植物是典型的苔原植物。夏季苔原植被的短暂繁荣带来了大量昆虫。每当春天，为了充分利用短暂的温暖和阳光，蚊虫大量涌现，肆虐成灾。植物和昆虫的季节性出现，对于大多数哺乳动物和鸟类来说，意味着一年中只有一段时间有食物，所以大部分体型较大的动物都会定期迁徙，到南方过冬。南半球相同纬度没有对应的广阔陆地，所以没有大面积的苔原植被。南半球的苔原主要分布于南大洋的海岛和山脉靠近雪线的地方。

迁徙的动物

游荡的兽群和捕食者

和世界其他地区相比，苔原上的动植物物种数很少，但每个物种的个体数量却很多，这和热带的情况正好相反。物种数少完全是由于此类地区自然条件恶劣。苔原上的动物都是从生活在更温暖地区的动物进化来的，它们的祖先之所以来到苔原，可能只是因为在激烈的领土竞争中失利。只有其他地区的生活格外不好时，某类动物才会冒险踏入苔原。

扇口鸟的刚毛将捕虫区域扩大到了头部之外。

夏天的苔原飞虫肆虐，有大量以昆虫为食的鸟类。很多鸟类，比如扇口鸟（*Phalorus phalorus*），鸟喙外包围着一圈刚毛似的羽毛，呈锥形，能直接把昆虫笼进嘴里。这圈刚毛扩大了鸟类捕食面积，增加了食物获取量。

嘴合上时，刚毛下垂，不遮挡前方的视野。

很多大型动物只有夏天生活在苔原，冬天为躲避严苛的环境会迁徙到南方的针叶林中去。苔原上体型最大的动物是长毛魁羚（*Megalodorcas borealis*），它们是热带魁羚的近亲。与热带魁羚不同之处主要在体型。此外，长毛魁羚背部还生有巨大的多脂肪的驼峰，能够在忍饥挨饿的冬天为它们提供营养。冬季，长毛魁羚长有蓬松的长毛，它们的蹄子宽阔，便于在柔软的雪地上行走而不会陷下去。头上的大角像雪耙子一样扒开积雪，以显露出雪下的食物：苔藓、地衣以及其他植物。它们的眼睛很小，可以避免冻伤，鼻孔里环绕着血管，能够在空气进入肺部前

剑齿熊
Smilomys atrox
雌性剑齿熊的长牙是由两颗门齿向外伸长形成的，这种牙齿模式源于肉食鼠类。

雄性剑齿熊

雌性剑齿熊

剑齿囊

长毛魁羚
Megalodorcas borealis
长毛魁羚生有伸向前方的巨角，冬季可用于清理植被上的积雪。夏季，长毛魁羚身上仍残有冬季的长毛。

夏天，扇口鸟以飞虫为食。

冬天，它们向南方迁徙，嘴边刚毛脱落，长出细长的鸟喙。

进行加热。

初夏，长毛魁羚褪去邋遢的长毛外套，变得整洁利落。经过一冬天的持续消耗，背上的驼峰完全耗尽。它们需要花费大量时间进食，为秋季南归储存好能量。

长毛魁羚体型巨大，肩高达 3 米（不包括驼峰），几乎没有什么捕食者能威胁到它们，唯一的天敌就是剑齿熊。剑齿熊即使生活在哺乳动物时代的前半段也会同样如鱼得水。那时，体型和长毛魁羚相似的大象是猫科动物剑齿虎的猎物。剑齿虎生有长长的尖利犬齿，能在猎物身上刺出深深的伤口，攻击之后，它们会等待大象流血死亡，然后再上前进食。有袋类也独立进化出了这套捕猎程序。然而，在人类时代，大象数量锐减，只以大象为食的剑齿虎灭亡了。

长毛魁羚出现之后，类似剑齿虎的动物又出现了，不过这次是肉食鼠类的一种。与其他肉食鼠类不同，剑齿熊雌雄异形，只有雌性有剑齿，能捕猎长毛魁羚。而雄性没有剑齿，更像曾经生活在这个纬度的北极熊。

扇口鸟的卵呈绿棕色，带有斑点，能很好地隐藏在苔原植被中。

极地鼠及其天敌

一个紧密的生态系统

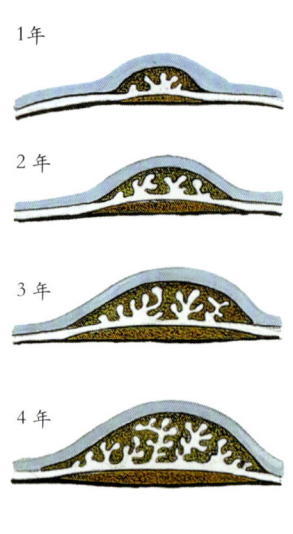

1年
2年
3年
4年
5年

从一个最初只有四到五个隔间的巢穴，极地鼠的堡垒呈指数倍扩大，大约用五年的时间达到顶峰。

由于土地永久冻结，无法在土层中挖洞，苔原上所有的穴居小型啮齿动物都是在雪中挖洞。其中一种穴居动物——极地鼠（*Nixocricetus lemmomorphus*）对于苔原的生态系统有着重要作用。极地鼠类似古代的旅鼠，很可能就是从旅鼠进化而来的。

极地鼠群一开始可能只有三到四只，它们繁殖速度很快。极地鼠用植物搭建防风御寒的堡垒，堡垒内部结构复杂，有着大量的小隔间和廊道，每个小隔间住一只极地鼠。冬天，每只极地鼠既能享有独立空间又能享受集体的温暖，远离冬日的严寒。

随着巢穴中极地鼠的数量逐年增加，捕食者的数量也会变多。北极地虎（*Vulpemys albulus*），是极地鼠的主要捕食者。北极地虎体型近似已经灭绝的狐狸，它们和温带森林的地虎（*V. ferox*）有着亲缘关系，但是二者差异较大。北极地虎的头部以及头上的眼睛、耳朵都更小（这是对寒冷环境的适应，能够减少冻伤），长毛呈暗棕色，到冬天则变为白色，以便在冰雪中隐藏。它们用前爪扒开极地鼠的巢穴，捕捉猎物。

极地鼠的其他天敌主要是鸟类，其中最大的一种是靴鸟（*Corvardea niger*）。靴鸟是乌鸦的后裔，它们颈长、喙长、腿也长，看起来更像是苍鹭。事实

北极鹊
Bustivapus septentreonalis
北极鹊是喜鹊的后裔。它们和靴鸟都是捕猎极地鼠的著名鸟类。

极地鼠
Mixocricetus lemmomorphus
极地鼠的堡垒主要由苔藓地衣之类的植物建成,内部分隔成很多小室,每只成年极地鼠都拥有一间。

靴鸟
Corvardea niger
靴鸟是苔原上最大的鸟类之一。之所以被称为靴鸟,是因为冬天它们的腿上会长出蓬松的御寒羽毛。靴鸟站立有一米多高,是极地鼠的主要鸟类天敌。

北极地虎　　　　　　　温带地虎

上，夏天它甚至还会像苍鹭那样到池塘和溪流里涉水捕鱼。冬天，靴鸟的腿上则长出御寒的羽毛，这时它们转移到陆地上捕食。冬日里还活跃着的任何一种小动物都是它们的猎物。靴鸟寻找雪下的极地鼠，用细长的鸟喙穿透极地鼠的巢穴，把它们从雪下拖出来。

另一种捕食极地鼠的著名鸟类是北极鹊（*Bustivapus septentreonalis*）。北极鹊大体保留了祖先喜鹊的体型和颜色，但它们的鸟喙呈钩状，翅膀尖，与贼鸥相似。夏天北极鹊在苔原以啮齿类动物和小型鸟类为食，冬天则会迁徙到南方

夏季皮毛

冬季皮毛

早秋时节，北极地虎褪去暗棕色的夏季皮毛，生长出厚实的奶白色皮毛。

的针叶林，以腐食为生。北极鹊能在寒冷的北方生存，与它们的巢寄生行为有着不小的关系。它们会在其他鸟类的巢中产卵，由其他鸟（义亲）代为孵化和育雏。它们用这种方式节约了用于建巢和育儿的能量，把消耗转嫁给了身为义亲的野鸭或是其他涉禽。

虽然天敌众多，但极地鼠的繁殖速度极快，正常情况下，种群会越来越庞大。大约四到五年不间断地增长之后，当地的草、种子、苔藓、地衣等食物来源枯竭，无法再支撑极地鼠群体生存。这时，它们就会迁徙。失去了堡垒的保护，极地鼠更容易丧生在捕食者口中，大约只有60%的极地鼠能到达新的栖息地。

极地鼠留下的空堡垒则成了几种苔原动物的家园，比如小雷鸟（Lagopa minutus）便只在极地鼠的旧巢里筑巢。有时小雷鸟甚至会和极地鼠共同生活，这种情况通常出现在部分极地鼠已经迁徙离开的巢穴中。

小雷鸟仅在极地鼠留下的旧巢穴中筑巢。

极地海洋

北方海洋里的生命

60厘米高　　45厘米高

北冰洋沿岸存在一系列不会飞的海游雀亚种，相邻的亚种能够交配繁殖，而亚种链的两端则由于体型和生理的差异无法繁衍后代。

北冰洋几乎被大陆包围，冰盖长年不化。冰盖对周边大陆的环境有着重大影响，也对极地地区保持稳定的寒冷气候有着重要作用。冰盖能长期存在是因为周围大陆向北冰洋注入了巨量淡水，使海水的盐度降低，更易结冰。

冬天的北冰洋是贫瘠的。春天，阳光照射使靠近冰面区域的单细胞藻类大量繁殖，为微小的动物提供了食物，而这些微型动物又构成了海洋食物链的基础。从其他大洋北上而来的鱼群穿过北方诸岛，到这里享用丰富的浮游动物，随之而来的是不计其数的海鸟。

最先抵达的，是不会飞的海游雀（*Nataralces maritimus*），这是一种几乎完全生活在水中的鸟类，它们生有船桨似的翅膀。就这一点来说，海游雀和曾在南大洋极为繁盛的企鹅很相似。除了冬季，海游雀很少上岸或爬到冰盖上面来。离开水，它们很容易受到伤害。海游雀会把卵一直保存在身体里直到即将孵化之时再将卵直接产在开放水域。

海游雀最先在北大陆最北端进化出来，之后向东西两个方向扩散，形成了环绕北冰洋的亚种链。在亚种链中，相邻的亚种能够交配繁殖，但重叠的亚种链两端却由于差异过大无法进行杂种繁殖，因此这两个亚种应视为不同物种。

海鼬（*Thalassomus piscivorus*）是一种以海

海鼠象
Scinderedens solungulus
海鼠象是群居动物,夏季经常成小群于浮冰上休息,群内雌雄都有。

雌性的长牙都向下弯曲,雄性的两颗长牙指向不同方向。

雄性向前的獠牙由左上门齿形成,同样,也只有左前肢有爪。

海游雀
Nataralces maritimus

海鼬虽然长得很像以前的海狮海豹,但却和它们完全没有关系。

趴在浮冰上的海鼬四肢张开,显得十分笨拙。

在水中,它们像企鹅一样敏捷优雅。

游雀和鱼类为食的水生肉食性哺乳动物,它们和肉食鼠类有亲缘关系。海鼬的生态位在哺乳动物时代的早期属于海豹,它们的外形和海豹很像,也具有流线型且富含脂肪的身体以及形似鱼鳍的四肢。

富含有机残渣的浅海海底生活着很多贝类。海鼠象(*Scinderedens solungulus*)以贝类为食,是迄今为止肉食鼠类的水生亲缘物种中体型最大的。它们长约4米,保温的皮毛缠结在一起形成马赛克状的硬片,外表笨拙。

海鼠象最不寻常的特点是牙齿,上门齿变成了长长的向外伸出的尖牙,左门齿向前伸,而右门齿则垂直向下,像镐一样撬起位于海底的贝类。海鼠象的四肢也不对称,只有左前肢有爪,用来打开特别坚固的贝壳。海鼠象和肉食鼠类的进化线分开得很早,那时它们共同的祖先还和小型啮齿动物很像。海鼠象的长牙(以及剑齿熊的剑齿)是由食肉鼠的双尖门牙进化出来的,由此可见,肉食鼠类向前伸出的门牙出现在进化的早期阶段。

南大洋

鲲鹅的起源和进化

广阔的南极大陆仅在边缘地带有生命存在，而南大洋中却生机勃勃。其中，最引人注目的是鲲鹅（Balenornis vivipera），世界上最大的动物。与过去很多海洋生物类似，它们身体细长，没有脖子，强壮有力的桨状鱼尾，掌握平衡的鱼鳍，形成了水中高效运动的理想形态。鱼类时代的节颈鱼、爬行动物时代的上龙、哺乳动物时代前期的鲸都是类似的体形，而鲲鹅接替的正是鲸灭绝后留下的生态位。

实际上，鲲鹅是由企鹅进化而来的。企鹅虽然是鸟类，但在很久以前就失去了飞行能力。企鹅已经完全适应了水中生活，只是必须要到岸上去产卵。鲸灭绝后不久，一种企鹅具有了把卵保留在体内的能力，直到快孵化时，直接在海中生出幼鸟。必须要上岸的理由消失了，这个物种彻底变成了水生生物，最终进化成了一类全新的海生鸟类——海鹅类。豚鹅（Stenavis piscivora）是这一类动物最常见的现生代表。

在水生动物中，海鹅类是相当独特的一类，和它们的祖先一样，属于温血动物，同时还是卵生动物，虽然它们的卵要保留在体内直到孵化的那一刻，就这一点来说，它们更像是哺乳动物和某些爬行动物。然而，需要注意的是，海鹅类不具备乳腺，不会像哺乳动物那样分泌乳汁喂养幼崽，也不是爬行动物那样的

斯科鸟主要生活在南大洋的火山岛屿周围。它们有着翠绿的羽毛，腿长脚阔，但却没有翅膀。

鲲鹅
Balenornis vivipera

鲲鹅体长超过12米,是世界上最长的动物。它们与豚鹅的亲缘关系很近。豚鹅以鱼类为食,是企鹅的后裔。

鲲鹅主要以浮游生物为食,巨大的鸟喙进化成了实用的筛子。

豚鹅
Stenavis piscivora

变温动物。

海鹅类普遍以鱼为食，豚鹅也是如此。豚鹅的典型特征之一是生有锯齿状长喙，这让它们能够捕捉到更大的鱼。豚鹅的进化非常成功，在过去的 4000 万年中，它们几乎不曾变化。

虽然体型巨大的鲲鹅以浮游生物为食，但它们其实也是海鹅目的成员。鲲鹅滤取食物的"筛子"是从鸟喙进化而来，由带有细孔的网状骨板组成，而非鲸鱼那样密集生长的鲸须。

在南大洋的火山岛屿周围还生活着斯科鸟，这也是一种不会飞的海鸟，为了在这种恶劣的环境里生育后代，它们进化出了一种独特的行为方式。孵化过程中幼鸟危险重重，亲鸟也有暴露的风险。于是，斯科鸟在岛上温暖的火山沙中产卵，然后立刻离去以规避风险。斯科鸟可以推迟产卵时间，以等到火山沙温度变得适宜。当火山有活跃迹象时，周围沙地立刻变得喧嚣起来。斯科鸟爬上岸，用敏感的鸟喙在沙滩上寻找温度适宜孵化的区域，把卵产在 10～20 厘米深的沙坑内，盖好沙子，然后就返回大海，不会再回来看望自己的后代。

斯科鸟不能行走，而是用后腿辅助腹部爬行。

在水面游动的时候，它们的身体浸在水中。

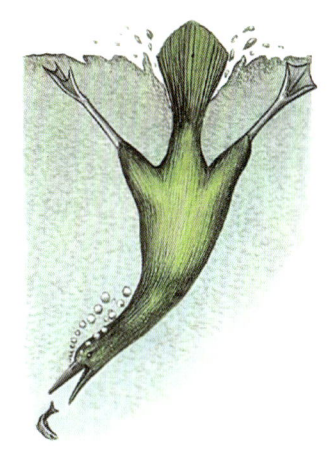

在水下捕鱼的时候，它们就变得泳姿优雅，行动敏捷了。

山　地

海拔对动物群落的影响

长腿鼠兔的前牙是专为吃苔藓和地衣设计的。

腿后和脚上生有蓬松长毛，就像穿了靴子。

长腿鼠兔能够在松散的碎石堆上稳稳站立。

高山地区的植物群与苔原地区有很多相似之处。这是因为两处气候条件相似——同样都是温度低、降水量大以及生长季节短暂。

尽管世界上山地分布广泛，彼此独立，在很大程度上却可以看作是一个个分散的苔原区，但是生活在非洲和欧洲之间的褶皱山脉带的动物显示了山地生物的典型特征。例如长腿鼠兔（*Rupesaltor villupes*），一种兔子的后裔，它们的身体和头部呈圆形，耳朵为碟形以抵御严寒。颈部和身体下方长有长毛，可以帮助腿部御寒。它们的牙齿特别适合啃食苔藓和地衣，上门齿倾斜一定角度，方便从岩石表面啃食植物。

朝南的山坡上常见一种小型的角面羚——山角羚（*Hebecephalus montanus*）。一群山角羚通常由四五只雌性和一只雄性组成。雄性和雌性最明显的区别在于角的结构。雄性的角扁平，状似骨盘，在争夺领导权的斗争中，它们常用角推来顶去。雌性的角呈尖锥状，更加致命，用来抵御捕食者，保护自己和幼崽。山角羚群吃草的时候，雄性通常站在岩石上瞭望，警惕危险。当发现入侵者后，雄性会竖起旗子似的长尾，其他山角羚就会躲避到附近洞穴中或峭壁上去。

在欧洲与非洲交界处的大山中，花斑鼬

山地动物仅在夏季会出没于高海拔的山区。冬季降雪之后，食草动物，比如山角羚，就会转移到海拔较低的区域寻觅栖息地和食物。捕食它们的食肉动物也会随之进行季节性迁徙。

山角羚
Hebecephalus montanus
虽然雌性山角羚长有用于保护自身的致命尖角，但不到万不得已，它们不参与争斗。

雄性山角羚站在一块突出的岩石上瞭望，警惕一切危险的迹象。

花斑鼬
Oromustela altifera
成年花斑鼬的皮毛表面点缀着深色的玫瑰形花纹。

伞尾鼩的单次迁移飞行时间可能长达24小时。

只有幼年伞尾鼩的尾巴才具有伞状结构,性成熟之后就脱落了。

(*Oromustela altifera*)是最致命的捕食者之一。花斑鼬和生活在北方针叶林里的狮鼬一样,都是形似黄鼠狼的食肉目动物。花斑鼬是山角羚的主要天敌。它们能自如地在峭壁上行走,带有灰色斑点的皮毛为它们提供了完美的伪装。花斑鼬成群捕猎,它们包围或把猎物逼进深谷,然后群体共同分享。

这一区域最奇怪的哺乳动物当属伞尾鼩(*Pennatacaudus volitarius*)。成年伞尾鼩只是不起眼的鼩鼱似的小动物,但是幼年个体却拥有着动物界最神奇的工具。伞尾鼩尾巴的末端生有一个由毛发编织成的降落伞似的神奇结构。通常,这把"降落伞"在脱落之前只会用一次。当幼兽长大,离开父母巢穴的时候,它们跳到空中,借着夏日从光秃秃的岩石表面升起的热气流,飞向新的栖息地,有时能飞至几公里外。这种种群的扩散方式有点碰运气。不过,虽然跳伞不可避免地导致年轻个体死亡率很高,但是,和一对成年伞尾鼩能产生的巨量后代比起来就不算什么了。

一般认为,伞尾鼩的祖先是食虫动物,它们在跳到空中捕捉昆虫的时候,把尾巴用作平衡器官,逐渐进化出了伞尾。伞尾骨架是一些从尾巴末端生长出来刚毛,而伞面则是由弯曲的软毛交缠在一起所形成。

第七章

沙漠：干旱地带

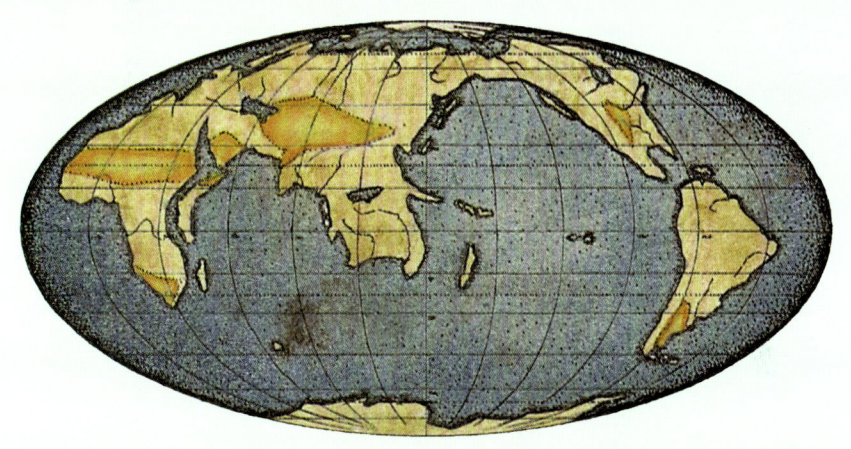

大气环流造就了热带地区的炎热沙漠，而北半球寒冷沙漠的成因则更多是由于其位于大陆中心的地理位置。

世界上主要的沙漠地区位于赤道两侧南北纬 10°～35° 之间的亚热带。除了非洲次大陆的南端和南美大陆的狭窄尾部之外，南半球在这一纬度上基本没有陆地，因此，世界上的沙漠主要位于北半球。沙漠的特点是极端干燥，年降水量小于 25 厘米，太阳会把所有降下的雨水蒸发掉。

水分难以到达沙漠地区有诸多原因，其中主要因素是从上层大气降下的干燥空气，这也是大气环流在这一纬度地区的典型特征。空气流向低压的赤道地区，因为那里温度高，空气受热上升，升上高空后，空气从赤道向两侧流动，逐渐冷却、下降，到达沙漠地区的地表，这时，空气中水汽含量非常低。有些情况下，沙漠的形成是由于地处大陆腹地，距离海洋过远，湿气也无法到达。与此相关的是雨影现象，当气流从海洋到达山区时，气流逐渐上升，在向海面形成降水，而在背海的一面，空气变得十分干燥，于是形成了沙漠。

与其他地区相比，沙漠里的阳光辐射强度非常大。在湿润地区，云层、大气尘埃、水和植物表面能够反射多达 60% 的阳光辐射，而在沙漠只有 10% 的阳光被反射掉；另一方面，没有云层这个保温盖，白天积累的热量最多会有90%在夜间辐射出去，导致沙漠的昼夜温差非常大，最高能达到40℃。

全球沙漠的面积要比人类时代小很多。一方面是因为处于沙漠带范围内的陆地少了，这主要是因为澳大利亚大陆北移，离开了沙漠带。另一方面，人类效率低下的农业技术和在贫瘠的土地上过度放牧都造成了沙漠扩大，而随着沙漠越来越多，地球表面适合种植作物的区域就越来越少，这也是人类最终衰落的原因之一。人类灭亡之后，大自然开始自我修复，沙漠也恢复到了应有的比例。

生活在沙漠里的生物必须克服诸多不利因素，比如缺水和极端温度。即便如此，还是有大量动物和植物进化得能够成功适应沙漠生活。生活在不同地区沙漠地带的不同物种分别独立进化出了相似的适应机制，比如高效的肾脏可以产生高度浓缩的尿液，巨大的耳朵便于散热以及挖掘深洞的能力，毕竟在洞穴深处，条件没有那么恶劣。

沙漠居民

在没有水的海洋里生存

沙漠动物的生理活动必须要在节水和散热之间走钢丝。由于需要节水，沙漠动物缺乏汗腺，而没有汗腺的帮助，它们不得不采用一些特别的散热方式，通常是通过大耳朵或类似的身体突出部分，利用里面纵横交错的血管，充当散热器。

长尾沙鼠相互合作，搬运石头，建造冷凝井。

长尾沙鼠（*Platycaudatus structor*）的尾部就具有这种散热结构。长尾沙鼠是一种生活在沙漠地带的体型较大的啮齿动物。它们身体里多余的热量被血液带到尾部，从尾部消散到空气中。长尾沙鼠奔跑速度很快，长长的尾巴像祖先跳鼠那样平伸出去，起到平衡作用。

为了节约用水，长尾沙鼠甚至还会建造冷凝井。作为求偶仪式的一部分，每一对长尾沙鼠都在自家洞穴门口摆上一堆石头。这些石头既能在白天挡住阳光的直射，又能在夜里成为水汽凝结的载体。

自从哺乳动物出现在这片又干又热的土地上开始，唾鼠（*Pennapus saltans*）这种啮齿动物就生活在这里了。它们前肢短小，后肢较长，便于跳跃。脚趾边缘长有短硬的毛发。唾鼠肾脏功能强健，能够高效回收体内的废水，它们的尿液浓度比生活在湿润环境里同等体型啮齿动物的两倍还高。

长尾沙鼠奔跑时，尾巴向后方伸展，但是在站立时，它们把尾巴举过头顶，好让凉爽的微风吹过尾巴。

唾鼠从不饮水，它从植物中获取所需的所有水分。唾鼠甚至可以食用对别的动物来说有毒的植物，它们

沙鲨
Psammonarus spp.

沙鲨身体呈粉红色,遍布褶皱,几乎全身无毛。沙鲨牙齿尖利,基本没有大小和形状的分化。

长尾沙鼠
Platycaudatus structor

长尾沙鼠的洞穴位于沙漠地面以下70~100厘米,洞口覆盖着石头和树枝。夜晚,石头上凝结的水分为长尾沙鼠提供了饮用水。在寒冷的夜晚,石头上凝结的水分甚至能在下方形成小水洼。

具有把毒素直接排出体外的能力，而不让毒素进入新陈代谢过程。唾鼠是夜行动物，但是如果白天被捕食者从洞穴深处驱赶出来，它们也能通过分泌大量唾液，在身体前部涂上一层泡沫来降温。它们还能精准地向敌人喷吐唾液。唾鼠的唾液中含有大量有毒植物的毒素，所以，喷吐唾液也是有效的御敌手段。不过，用这种方式御敌无疑会使唾鼠迅速脱水，所以不到万不得已不会使用，而且也只能一次性使用非常短的时间。

跳蝠（*Daemonops rotundu*）是一种具有食肉目习性的食虫动物，它们是唾鼠的天敌之一。跳蝠的形态和生理特征都与唾鼠或者它们捕食的其他小型啮齿动物相似。

还有一种完全不同的捕食者，也是从食虫动物进化来的，这就是沙鲨（*Psammonarus* spp.）。沙鲨长着腊肠似的身体，钝圆有力的头颈和铲子似的脚。沙鲨能通过鼻子后方的感觉窝来定位猎物，然后它们在沙中移动——更像是在沙中游泳而不是打洞，突然冲进猎物的巢穴。因为几乎完全无毛，为了避免极端温度的伤害，沙鲨绝大部分时间待在地下。休息时，它们浅浅地埋在沙中，只露出眼睛和鼻孔。

唾鼠吐出泡沫，既能降温，又能排出毒素。

跳蝠生有长爪和满口锋利的牙齿。

扑向猎物的时候，跳蝠的单次跳跃距离可达两米。

大型沙漠动物
体型的问题和解决方法

骆驼几乎和人类同时灭绝,它们留下的生态位对于其他动物来说实在没什么吸引力。大型动物想要在沙漠生存需要相当特别的生理构造。比如骆驼,即使因脱水失去约30%的体重也不会带来不良反应。它们把所有皮下脂肪都存储在背上隆起的驼峰里,身体其余部分全部用来散热。它们可以忍受一定程度的体温波动。厚厚的鼻孔盖和眼皮能够保护鼻子和眼睛不受沙尘的困扰。

蛇鹊,沙漠地区常见的猛禽,主要捕食蛇类。与该地区大多数捕食者一样,蛇鹊也是黑色的。

经过5000万年的进化,骆驼的这些特性又在另一种动物身上出现了,这就是沙漠恐鼠(*Aquator adepsicautus*)。恐鼠也是啮齿动物的后裔,可能是某种跳鼠或沙鼠体型变大进化而来的。成年雄性恐鼠从鼻尖到尾端可超过3米。尾巴是恐鼠最特殊的地方,它们把所有的皮下脂肪都存储在尾巴里。脂肪储备的不是水,而是食物。有了这些脂肪,恐鼠在找不到食物时就能坚持很长时间。脂肪存储饱满的时候,恐鼠体态均匀,平衡良好,能用后肢飞快地跳跃。在这种状态下,它们可以行进100公里以上,到达另一处水源或者绿洲。恐鼠的后脚趾上生有宽宽的角质垫,既让它们不会陷入沙子,又能紧紧扒住裸露的岩石。

沙漠恐鼠
Aquator adepsicautus

沙漠恐鼠尾巴里储存的脂肪能让它们在没有食物的情况下存活长达3个月。它们主要以沙漠灌木的叶子和嫩枝为食，身体所需的大部分水分从食物中获取。

食物充足时，沙漠恐鼠把前肢叠在胸前，用后腿跳跃移动。饥饿消瘦时，它们用四腿着地的方式跑动。

沙漠恐鼠失去50%的体重也不会有不良反应。雌性和雄性都生有防风沙的厚重眼皮和可伸缩的鼻孔盖。

沙漠中的岩石区是蹄鼠（*Ungulamys cerviforme*）首选的栖息地。蹄鼠也是啮齿动物，体长（不包括尾巴）大约60厘米。第三和第四脚趾进化出的蹄子让它们可以在崎岖的岩石荒漠上奔跑。蹄鼠前足第二和第五脚趾上生有小爪，脚掌弯曲时，爪和蹄几乎碰到一起，这样它们便能抓握，可以把枝条拉下来啃食。非洲和亚洲次大陆的岩石荒漠区域都可见蹄鼠群生活。

蹄鼠分开的蹄子和悬爪可以弯曲抓住树枝。

在沙漠地区，大型捕食者并不常见，很少见到肉食性的哺乳动物。然而，从食虫类动物进化而来的鼠狼（*Carnosuncus pilopodus*）却是少数几种沙漠大型捕食者之一。鼠狼肩高约60厘米，它们很大程度上是夜行动物，白天大部分时间都待在沙洞里，夜晚捕捉小型哺乳动物。鼠狼所需大部分水分都从猎物中获得。

蹄鼠主要以沙漠灌木的嫩枝和叶为食。

生活在沙漠的动物大多都是接近环境色的沙黄色，而腹面则是白色。这种配色方式是进化压力选择的结果。对于这种说法有事实支持，同一种动物，在黑灰的熔岩地区是深色的，而在盐田却是几乎白色的。

蹄鼠是纯粹的食草动物。它们的长尾可达100厘米。

不用伪装的动物大部分都是黑色。捕

食性鸟类、爬行动物和毒性猛烈、不宜食用的节肢动物都属于这一类。它们的颜色相似可能也是因为某种模仿机制。由于某些原因，对于一些捕食者来说，黑色具有一定优势，所以其他动物就也都纷纷效仿，以获取相同的益处。

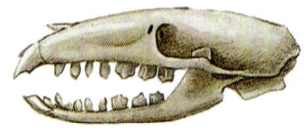

鼠狼原本的食虫动物牙齿已经变得更适于食肉。

鼠狼主要在夜间活动，它们前足宽阔，便于挖洞。

北美沙漠

大山的阴影之下

北美洲的沙漠是雨影沙漠。由太平洋吹向大陆的湿润西风遇上北美大陆西侧的山脉屏障，被迫上升，在山脉面海一侧造成大量降水。越过高山之后，西风变得干燥，山后的广袤平原上就形成了大片的沙漠。

这里的沙漠并非寸草不生，而是点缀着不成片的植被，以仙人掌和其他肉质植物为主。这些植物通常相距很远，独自生长。为了收集到足够的水分，植物之间的贫瘠土壤中隐藏着大量网状根系。

地甲鼠（*Palatops* spp.）就生活在这些植物根系周围。它们身上的盾甲，与其说是为了防御攻击，不如说是为了保护它们免受干燥环境的伤害。地甲鼠头上有一片宽阔的铲状甲片，背部则覆盖着由紧密毛发组成的坚果似的光滑外壳。它们的尾巴和脚上也有盔甲，不过却是铰链式的甲片，可以自由行动。地甲鼠利用宽阔的桨状脚掌和铲状的头盾在沙地上挖洞寻觅肉质植物的根系，再用头盾边缘和下门牙咬断食物。

沙漠蜜鼠（*Fistulostium setosum*）生活在仙人掌茎之间垂直的凹槽中。它们身体狭长，生有长刺，长刺即有防御作用，又能帮助它们在仙人掌刺中隐藏身形。沙漠蜜鼠没有牙齿，仅靠用长吻吸食仙人掌花的花蜜维持生命。吸蜜过程中，它们的头上常常会粘上花粉，最终花粉会到达其他花的柱头，帮助仙

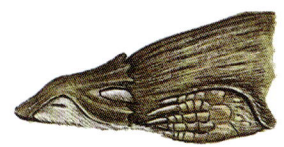

为了减少水分散失，地甲鼠趴在沙漠地表时，把头甲和背甲紧紧贴在一起。

雄性长腿鹑头上生有羽冠。

除了体型较小，雌性长腿鹑几乎与雄性完全相同。

长腿鹑将卵产在受庇护的沙坑中。

沙鳍蜥
Velusarus bipod
沙鳍蜥奔跑速度可达到每小时50公里。当降低体温时，它们单脚站立，伸展开颈部和尾部的鳍。沙鳍蜥颈部鳍膜内遍布贴近皮肤表面的血管，具有散热降温的作用。

地甲鼠
Palatops spp.
地甲鼠生有长长的利爪和角质头盾，善于挖洞。

人掌完成异花授粉。由于花蜜易于消化，几乎完全以花蜜为食的沙漠蜜鼠消化系统非常原始。

沙漠蜜鼠用长吻吸食仙人掌花的花蜜。虽然看似笨拙，但这种小动物在沙漠中奔跑十分迅速。

蜥蜴和其他爬行动物没有像哺乳动物和鸟类那样复杂的体温调节机制，它们的体温完全依赖环境。然而，有一些沙漠爬行动物却进化出了简单的降温机制，例如沙鳍蜥（*Velusarus bipod*）。沙鳍蜥是一种小型两足爬行动物，颈部和尾巴上生有可以竖起来的鳍和垂皮。当身体过热时，它们就把鳍和垂皮迎风张开，热量会通过鳍膜里的血管散发到空气中。这时候，沙鳍蜥通常单脚站立，让身体尽可能离开滚烫的沙漠表面，好让散热的效果达到最大。

生活在地面的鸟类，比如长腿鹬（*Deserta catholica*），主要捕食沙鳍蜥和沙漠蜜鼠这样的小型哺乳动物。长腿鹬在灌木或岩石遮挡的隐蔽处寻找沙坑产卵，之后它们会趴在卵上，保护卵免受酷热严寒的伤害，毕竟沙漠里昼夜温差太大。

长腿鹬以及许多生活在沙漠中的鸟类，繁殖周期都与雨季同步。当第一场春雨降下，鸟儿就迅速筑巢，只要雨季持续，它们的繁殖期就持续。而在异常干旱的年份它们不会繁殖。

第八章
热带草原

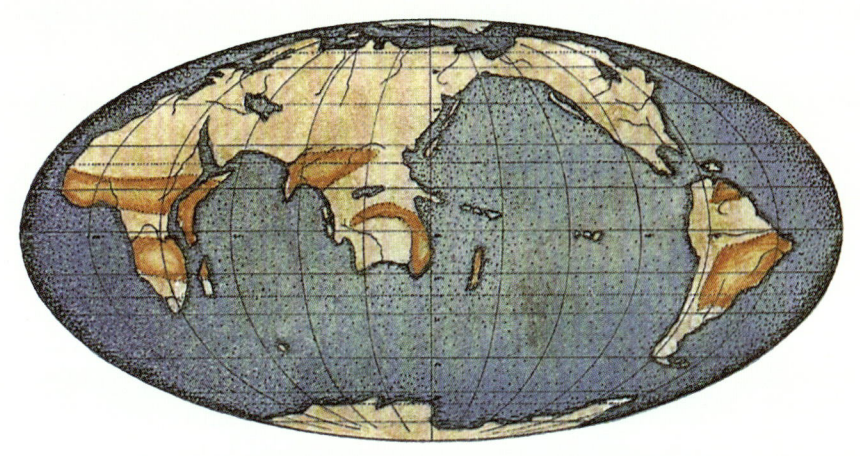

一般来说，草原是沙漠和森林之间的过渡区域。草原上的降雨具有高度季节性，降雨量只能支持抗旱的植被——比如草和灌木的生长，在某些情况下，这片区域也会出现树木。

在极端干旱的沙漠地带和持续湿润的热带森林地区之间是降水间断不稳定的草原。草原上的植被主要是草，开阔的平原上星星点点分布着灌木和高树。该地区处于热带，每年有两次太阳直射。大多数降雨发生在太阳直射的时候，因为气流在直射区汇聚上升，湿润的天气也就随着气流汇聚点一起南北移动。而旱季则是由于干燥的高压带从沙漠地区移动到了草原。

土壤含水量对植被的影响比降雨量更大，所以在热带草原上，草比树更具优势。热带草原通常只有上层土壤含水，树木扎根处的深处土壤却长年干燥。有些地区的草原降雨量虽大，但却集中在特定的时间，无法支持树木生长。

草原一般环境干燥，极易发生火灾。草原上的植物已经适应了火灾的频繁发生。树木特别坚实耐火，草叶从基部生长，而不是从叶尖和茎干，植物还通过地下根茎蔓延扩散，这样即使大火席卷了整个区域，摧毁了地面上的部分，火灾过后依然能迅速恢复。

尽管火灾频发，但由于树木和草地在灾后的快速恢复能力，草原仍然足以养活大量食草动物。食草动物只吃地面上的叶子和茎，植物的地下部分完好无损。草原还有一个对动物有重要影响的特点：遮蔽物稀少。捕食者能够远远看到食草动物，反之，食草动物也能早早发现危险临近。因此，生活在这里的食草动物和食肉动物都生有长腿，反应敏捷，善于奔跑追逐。有些鸟类也发现，在草原上它们只用腿奔跑就能摆脱危险，无须飞行。

热带草原上的动物还具有迁徙的特点。因为降雨是季节性的，一年中，草原上的不同地区在不同的时间段提供食物，所以大量食草兽群要随着季节迁徙。迁移也发生在草原和世界其他地区之间。许多鸟类夏季生活在遥远北方的温带林地，夏季则在热带草原躲避严寒。

非洲次大陆拥有世界上最大的热带草原，此外，美洲热带雨林以南的地区也存在相当广阔的热带草原。但与沙漠带一样，由于澳大利亚大陆不断向北移动，人类时代以来，位于热带草原气候带的地球陆地面积也不断减少。

食草动物

地栖鸟类和食草兽群

无论是地处热带还是温带的草原,都是善于奔跑的动物的家园。视野广阔,缺少遮蔽,使得在草原上藏身非常困难,速度才是最实用的防御技能。

大约 8000 万年前,草原第一次大面积出现。当时全球气温普遍降低,平均降雨量减少,森林也因此减少。此时,已经存在了大约 2000 万年的哺乳动物首次出现了大量善于奔跑的类型。草,一种巨量的潜在食物来源,却因为硅含量较高,比哺乳动物已经适应的树叶更加坚硬。为了利用这种含有更多纤维的新食物,动物进化出了新的牙齿结构——用于磨碎食物的坚硬牙釉嵴,同时也进化出了能有效消化草类的复杂消化系统。

横齿兔鹿行进只会用到两个脚趾。前脚的第四个脚趾已经演变成了脚刺。

到了人类时代,长腿的食草动物——有蹄类,比如斑马(*Equus*)、羚羊(*Gazella*),成了热带草原上最成功的动物。然而,人类灭绝后,起源于温带林地的兔鹿绕过山脉屏障进入了非洲次大陆和印度次大陆。在这里,它们蓬勃发展,很大程度上已经取代了有蹄类。

尽管同一地区生活着许多种兔鹿,但由于不同的食性,它们之间并不构成直接竞争关系。横齿兔鹿(*Dolabrodon fossor*)主要以低矮的草或是植物的根为食,用獠牙和脚刺挖掘食物。横齿兔鹿的侧门齿横向生长,形成尖利的獠牙,它们前脚第四脚趾上生

赤颈珍珠鸡
Pseudostruthio gularis

赤颈珍珠鸡生活在赤道以南的非洲次大陆,它们是最凶猛、领地意识最强的不会飞的热带鸟类。

除了腿的颜色,雄性和雌性几乎没有区别。雄性的腿是粉红色,雌性则是蓝色。

珍珠鸡初夏交配,五六周后产下一到两枚卵。雌雄双方轮流孵化。

受到威胁时,赤颈珍珠鸡会把脖子弓起,几乎贴到后背,鼓起脖子下方的气囊,发出刺耳嘶哑的鸣叫。

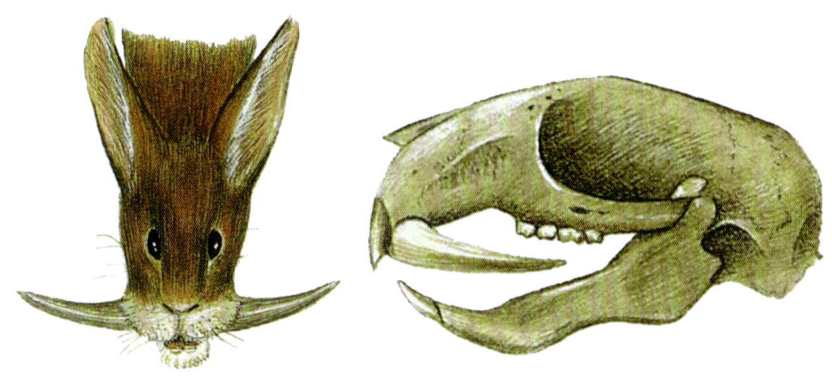

横齿兔鹿的头骨与兔子近似，它们的横齿由门齿进化而成。

有马刺似的长爪，由于奔跑时只用到第二和第三脚趾，所以脚刺并不妨碍行动。

体型较大的大群兔鹿（*Ungulagus* spp.）采食较高的草。他们和温带的兔鹿极为相似，但是总体上体型更轻巧，腿和耳朵更长。这类兔鹿皮毛颜色多样，大多数为淡棕色底，白色条纹或斑点，不同的种有不同的毛色花纹。细纹兔鹿（*U. virgatus*）生有让人眼花的条纹，类似已经灭绝的斑马，而体型稍大的龟斑兔鹿（*U. cento*）的斑纹则是像已经灭绝的长颈鹿那样是大块斑状花纹。这种花纹会模糊个体的界限，捕食者从远处观察只能看到兽群整体，难以辨别具体物种。在

细纹兔鹿　　　　　　　　　　　　　　龟斑兔鹿

斑块状的皮毛帮助龟斑兔鹿在低矮的树丛中隐藏身形。

细纹兔鹿的条纹可以迷惑远处的观察者。

有刺的灌木丛和低矮的树丛中,这套花纹特别有效。所有的兔鹿,无论是生活在温带还是热带,都保留了来自兔子祖先的白尾巴。当兽群受到攻击时,显眼的尾巴会用作警告信号。

热带草原上生活着一种不会飞的大型鸟类——赤颈珍珠鸡(*Pseudostruthio gularis*)。赤颈珍珠鸡站立约有1.7米高,当统治地位和社群等级遭到威胁时,它们会立起红色肉垂、鼓起气囊,威慑对手。赤颈珍珠鸡是杂食性鸟类,以种子、草、昆虫和小型爬行动物为食。尽管它们能用宽阔的脚进行致命攻击,但平时,它们遇到危险依然和大多数草原动物一样选择逃之夭夭。

平原巨兽

热带环境里的大型食草动物

哺乳动物时代上半程，大象繁荣兴盛，但是，随着人类的出现，大象数量减少到接近灭亡。人类时代后期，仅剩下印度象（*Elephas*）和非洲象（*Loxodonta*）这两个属的大象。人类灭亡之后不久，仅存的这两种大象也灭绝了。它们留下的生态位，最后被羚羊的后裔魁羚占据。魁羚体型巨大，腿像树干一样粗，体重可达10吨，是热带草原上的食草巨兽。不同种的魁羚食物不同，有的以树枝为食，也有吃草的，还有啃食植物根系的。魁羚很早以前就抛弃了羚羊轻盈的步态，现在它们步伐沉重迟缓，遗传自祖先的两趾脚变成有宽蹄的肉掌。

与大多数魁羚不同，长颈魁羚并不是群居动物。它们经常一到两只单独出现在靠近热带森林边缘处的稀疏林地。

大魁羚（*Megalodorcas giganteus*），一种典型的草原魁羚，长着四只角，一对弯曲在耳后，一对伸向鼻子前方。每只角都有镐状的角尖，用来刮开植物根和鳞茎上的土。

魁羚的基本形态非常成功，在漫长的时间里，它们由热带非洲向北扩散，穿过喜马拉雅山脉，分成两拨：第一拨进入了针叶林，进化成为角面羚（*Cornudens* spp.）。第二拨在时间上要晚很多，这样到达了苔原，成为长毛魁羚（*Megalodorcas borealis*）的祖先。

进化出巨大的体型后，魁羚又出现了多种变化。最早的是长颈魁羚（*Grandidorcas*

长颈魁羚以树叶、树枝为食。它们的角已经退化为头顶上的两块骨垫。

从已灭绝的羚羊进化而来的热带草原巨型食草动物以尖角魁羚和大魁羚为代表。

尖角魁羚
Tetraceras africanus

大魁羚
Megalodorcus giganteus

与曾经占据这一生态位的大象和犀牛相同，大魁羚和尖角魁羚是纯粹的植食性动物。

roeselmivi），长颈魁羚能吃到距地面7米高的枝叶，较小的食草动物甚至是其他魁羚都对这种高度的食物无能为力。长颈魁羚不仅脖子长，还具有狭长的头部，使它可以用肌肉发达的嘴唇在树枝间移动，吃到最高处的食物。由于结构复杂的角容易与树枝勾缠在一起，长颈魁羚的角进化成了头顶上长长的低矮角垫。

乍看之下，热带草原上的巨兽似乎违背了热带动物往往比生活在寒带的同类动物体型小的规律。动物体型越大，相对体表面积就越小，散热就越加困难。不过，魁羚用颈部下方的垂肉解决了散热难题。魁羚颈部下垂部分为它们增加了大约五分之一的体表面积，内部含有大量血管，大大提高了散热能力。

人类时代的另一种草原巨兽——犀牛在人类时代就已经灭绝了，不过，魁羚中有一种与之几乎完全对应的物种——尖角魁羚（*Tetraceras africanus*）。尖角魁羚体型和角的式样都与犀牛相似，而且扁平的口鼻也恰恰证明了它们属于食草动物。尖角魁羚的尖角是为了御敌，然而几乎没有什么敌人会正面进攻它们，所以对于雄性来说，角的次要功能——求偶展示作用更为重要。

魁羚的直接祖先拥有更长的、分叉的角，有些像鹿角。
有些种类中，角后面的部分消失，只留下向前伸的角。

直到最近，才在草原上发现铲角魁羚的踪迹，它们生活在河、湖岸边，主要以水草为食。

食肉动物

草原上的食肉和食腐动物

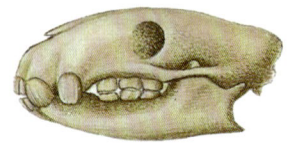

秃獴的头部和颈部完全无毛。秃獴有着巨大的犬齿和臼齿，用于咬碎骨头。

虽然非洲次大陆热带草原上的两类主要捕食者都是灵长类动物，但是它们已经走上了不同的进化路线，捕食不同的猎物。

斑猿（*Phobocebus hamungulus*）用前脚指关节走路，由这一点可见，它们是热带森林里树生类人猿的后裔。斑猿现在是完全生活在地面上的食肉动物。它们埋伏在高草下，身上的条纹和鬃毛提供了良好的伪装。当它们的主要猎物——魁羚走过时，它们就会跳到猎物的背上或脖子处，用镰刀般的爪子在猎物咽喉处割出深深的伤口。受伤严重的魁羚很快就会死去，成为整个斑猿群的美味。

另一类主要捕食者是狮狒（*Carnopapio* spp.）。狮狒是狒狒的后裔，人类时代的草原上曾生活着大量狒狒，而在草原上的大型猫科动物灭绝后，狒狒从杂食性动物变成了肉食性动物。同时，为了提高速度，它们完全用后肢承担体重，变成了两足动物。它们的前肢变小，头部前伸，尾部变得厚重以保持平衡。狮狒的形态与1亿年前早已灭绝的食肉恐龙相似。

斑猿
Phobocebus hamungulus

斑猿是一种食肉的灵长类动物,主要捕食魁羚。它们的狩猎主要依靠潜藏和突袭。

大狮狒
Carnopapio grandis

普通狮狒
Carnopapio vulgaris

狮狒
Carnopapio spp.

狮狒是一类肉食性动物,其中体型最大的大狮狒是食腐动物。大狮狒比斑猿更加强壮,食用猎物身上更为坚硬的部分。

长腿狮狒
Carnopapio longipes

捕食者和食腐者这一链条的下一环是秃獴,它们竞争不过大狮狒,只能等大狮狒吃完离开后才能享用猎物。

秃獴
Pallidogale nudicollum

秃獴主要靠骨架残骸为生。它们咬开骨头,从骨髓中获取所需的大部分营养物质。

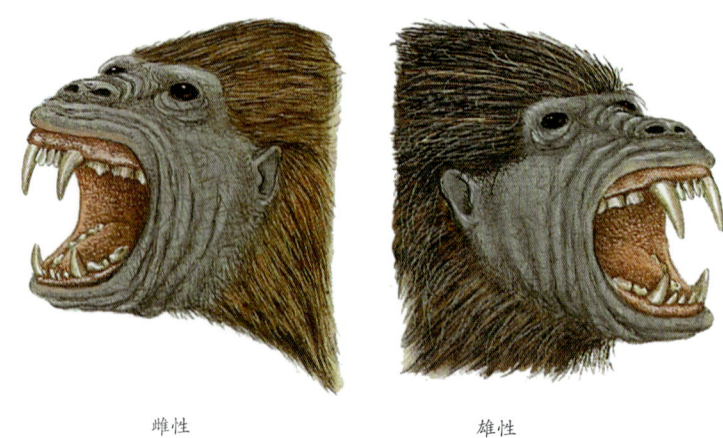

雌性　　　　　　　　　雄性

雄性狮狒体型比雌性大，且只有雄狮狒生有鬃毛。狮狒的牙齿与普通的食肉动物无异。

狮狒有很多种，捕食不同的猎物。就像它们的祖先狒狒一样，狮狒也以家族为单位生活。长腿狮狒（*Carnopapio longipes*）体型轻巧，身高约1.8米，捕食小型动物。普通狮狒（*C. vulgaris*）是分布最广的狮狒，它们的猎物是兔鹿。大狮狒（*C. grandis*）是狮狒属中体型最大的一种，站立时臀高达2.3米。大狮狒是完全的食腐动物。像斑猿这样的捕食者只吃魁羚腹部和肛门的柔软组织和肌肉，所以，总会给食腐动物留下大量的食物。大狮狒主要吃脖颈和四肢部分的肉，其他部分留给更弱小的食腐动物。

狮狒由狒狒直接进化而来。它们已经进化成两足直立动物，身体的后半部分更重。

非洲草原上最高效的食腐动物是秃獴（*Pallidogale nudicollum*），一种长得像猫鼬的动物。秃獴的头部和颈部几乎完全没有毛发，这样它们就能钻进动物尸体内部，而不把皮毛弄脏。秃獴的犬齿巨大，能够粉碎大部分骨头，食用骨髓。秃獴一般十几只生活在一起，它们与白蚁几乎形成了共生关系。白蚁建造的土丘状巢穴会留出一圈距离地面一米左右的"屋檐"，为秃獴提供遮蔽，躲开正午炎热的阳光，而秃獴带来的骨头和其他食物残渣，则成为白蚁的美食，彼此互惠互利。通常只需要三天左右，捕食者和食腐动物就能把一只魁羚变成几片皮毛碎骨和一片脚印纷杂、污迹斑斑的地面。最后的残余则会被昆虫和微生物吃掉。

秃獴经常会在白蚁丘下吞食食物，以躲避酷热的阳光。白蚁也会得到回报，秃獴留下的残渣为它们提供了食物。

第九章
热带森林

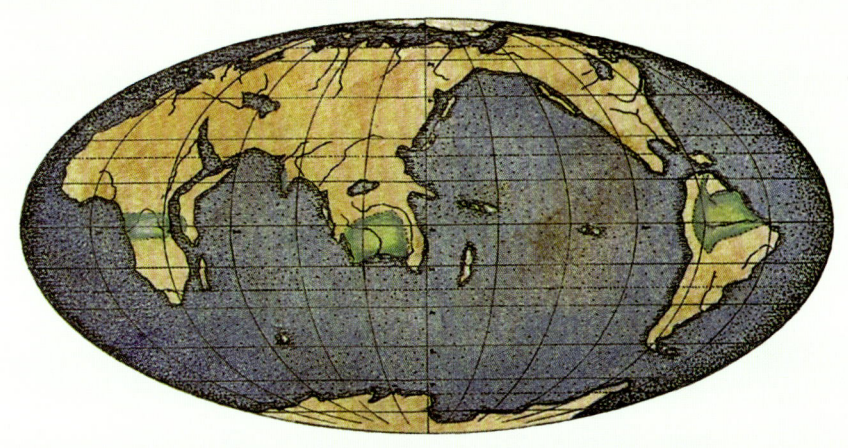

热带森林位于赤道地区,这里常年高温,气流会聚使这一地区一年四季雨水充沛,植被极其繁茂。

热带森林像一条宽阔的带子,沿赤道绕地球一周,仅仅在海洋和高山处中断。热带森林的分布区域与赤道低气压带相同,在这里,热空气上升,湿润空气从南北两侧流入汇聚。

热带雨林是高温和多雨共同作用的产物,这里全年气温在 21～32℃ 之间,降雨量超过 150 厘米。由于太阳几乎全年直射,这里气候条件的稳定性是其他地方无法比拟的。

热带森林中常有大河,带走充沛的降水。南美大陆、澳大利亚次大陆和非洲次大陆都存在这样的大河。

虽然不断有树叶落下,但雨林的土壤非常薄。因为这里的环境条件太适合分解了,没有机会形成腐殖质。热带雨水会把土壤中的黏土矿物冲走,硝酸盐、磷酸盐、钾、钠和钙等重要营养素无法保留在土壤里。植物自身分解是热带土壤中仅有的营养元素来源。

由于气候和当地环境的差异，热带雨林有很多种不同的基本类型。长廊林位于森林突然中断的地方，比如宽阔的河岸。在这里枝叶为了利用从侧面射入的阳光，形成了一堵从上到下密不透风的墙。而生长在有明显旱季地区的季雨林就没有那么茂密了。季雨林位于大陆的边缘地区，在一年中特定时段，风会从干燥的内陆吹来。印度半岛和澳大利亚次大陆的一些地区就是典型的这种情况。红树林则生在泥滩海岸和河口处的盐水沼泽地区。

　　与其他地区的森林不同，热带雨林没有季节变化，因此没有优势树种，所以，昆虫的数量也就不会出现季节性起伏。以某一种树为食的昆虫永远都在，如果这种树的种子和幼苗生长在附近，就会被昆虫吞噬。只有那些远离母树和母树身边永远环绕的昆虫的种子才能存活下来。于是，就无法形成同种树的密集区。

　　人类时代之后，热带森林区域显著增加。以前，人类的农业活动破坏了大量热带森林。原始部落砍伐树木，腾出的空间种植庄稼，几年之后，贫瘠的土壤地力耗尽，他们不得不移到另一个区域继续毁林耕作。遭到破坏的区域并不会立刻恢复。人类灭绝数千年之后，热带森林带才恢复其应有的模样。

树冠层

滑翔者、攀爬者以及树栖者的炫技天堂

热带雨林是地球上最富饶的栖息地之一。充沛的降雨量和稳定的气候使这里全年都是生长季节，不存在食物短缺的时节。为了获得阳光，茂密的植物奋力向上生长，从上到下粗略地分成了连续的几个水平层面。大多数光合作用发生在顶层——树冠层。树冠层里连绵的树梢组成了一片点缀着鲜花的绿毯。树冠层之下，阳光稀疏，这一层主要包括高大树木的树干和矮小树木的树冠。森林的地面幽暗，生长着灌木和草本植物，肆意延伸，充分利用漏进来的微弱阳光。

在像苔原那样严酷的环境中，由于很少有生物能适应，所以动植物物种都很少，但每个物种的个体数量却相对很多。而在热带森林中，尽管丰富多样的植物养活了同样数量众多的动物，每个物种的个体数量却不多。热带雨林的动物数量会保持稳定，无论是猎物还是捕食者都没有周期性的数量波动。

与在其他地区相同，鹰隼这样的猛禽也是树冠层的主要捕食者。生活在树上的动物必须足够敏捷，不仅要躲开鹰隼的攻击，还要逃开来自地面会爬树的捕食者。在这方面最成功的是哺乳动物中的灵长类动物——猴子、猿和狐猴。生活在非洲次大陆上的非洲卷尾猴（*Araneapithecus manucaudata*）做到了极致，它们进化出了长臂、长腿、长手指、长脚趾，身体小巧，能在树枝间快速攀爬、摆荡穿行。它们还

非洲卷尾猴

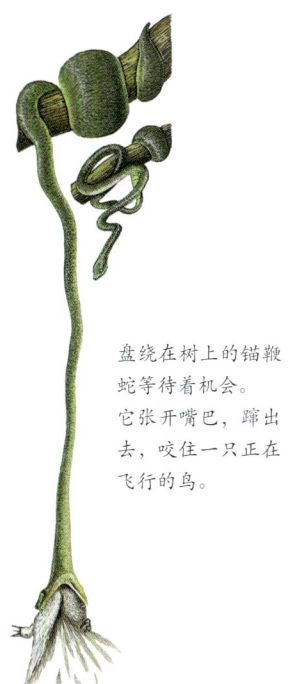

盘绕在树上的锚鞭蛇等待着机会。它张开嘴巴，蹿出去，咬住一只正在飞行的鸟。

翔猴

Alesimia lapsus

翔猴生活在森林的最高处。它们主要以树叶和水果为食,偶尔也吃小昆虫。

翔猴并不会真正的飞行,而是用伸展开的皮肤滑翔,它们能在树冠间滑翔超过40米。翔猴的尾巴几乎和身体等长,可以起到在空中调节平衡的作用。

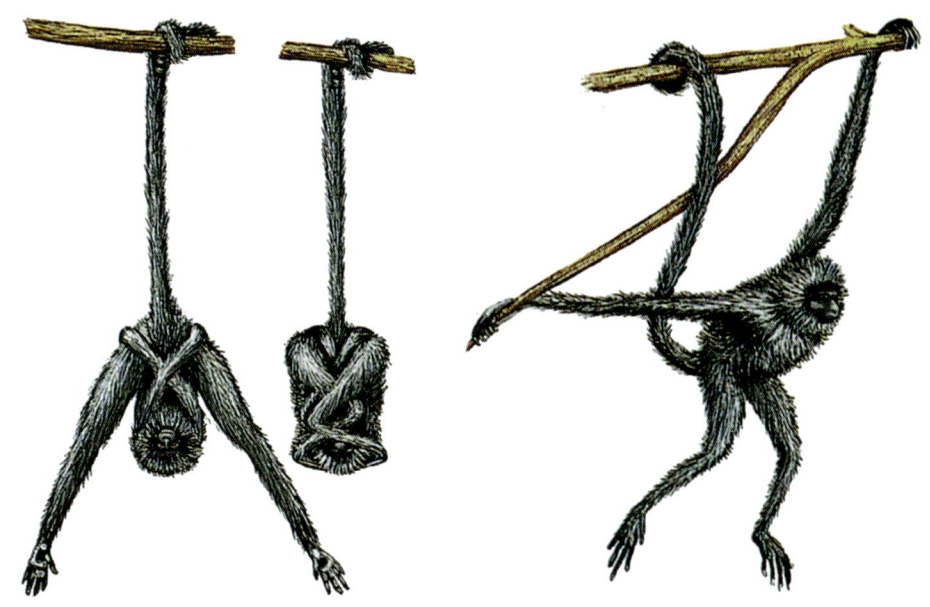

非洲卷尾猴睡觉时身体蜷成一团,它们先交叉手臂抱住身体,然后再把腿缩到胸前。

像哺乳动物时代上半程生活在南美的近亲一样进化出了卷尾。然而,它们的尾巴却不用于运动,而是在休息或睡觉时挂住身体。

翔猴(*Alesimia lapsus*)是一种像狨猴似的小型猴子,善于滑翔。和其他许多会滑翔的哺乳动物一样,翔猴也进化出了滑翔翼,或称翼膜,也就是四肢和尾巴间的皮肤。为了支撑翼膜,承担飞行中的压力,翔猴的脊椎骨和四肢骨骼相比同体型的动物要强壮很多。翔猴在树冠层高大的树木间滑翔,用舵状尾巴掌控方向,采食水果和白蚁。

在非洲热带雨林的树上还生活着一种高度特化的爬行动物——锚鞭蛇(*Flagellanguis viridis*)。锚鞭蛇是一种极细长的树蛇,它们的尾巴较宽,是全身肌肉最发达的部分。它们用尾巴把自身固定在树上,盘起身体,隐藏在树冠层顶部茂密的树叶中,等待大意的鸟飞过。锚鞭蛇能飞蹿出3米抓住猎物,这相当于它体长的4/5,与此同时,它的尾巴还牢牢地固定在原本栖身的树枝上。

树栖生活

威胁下的进化

甲尾猴生活在热带森林较低的枝杈上。受到攻击时,它就把身体垂下去,只给捕食者留下一条无从下嘴的覆盖着厚厚角质壳的尾巴。

哺乳动物时代的大部分时间里,猿猴都能在树顶上安全生活。尽管也有一些捕食者,但并没有哪种专门捕捉它们。不过,这是猴豹出现之前的事。

猴豹(*Saevitia feliforme*)是一种性情凶猛的小型动物,捕食猴类。大约3000万年前它们由最后的真正猫科动物进化而来,现在遍布非洲和亚洲的热带雨林。它们能取得这样的成功,依靠的是不逊色于它们猎物的对树栖生活的适应性。猴豹甚至连外形都与它们的猎物——猴子相似,它们身体细长苗条,肩胛带极其强壮,前肢能旋转180度,卷尾,手指脚趾对生,便于抓住树枝。

由于猴豹的出现,热带森林的树栖哺乳动物群经历了相当大的变化。一些行动迟缓的吃树叶和水果的动物灭绝了,另一些则适应了这种新的威胁。像以往发生的那样,当环境因素发生了重大变化时,进化就突然加速,因为这时与以往不同的特征变得有利于生存。

甲尾猴正是这一原则的例证。甲尾猴(*Testudicaudatus tardus*)是一种类似于狐猴的原猴亚目猴子,它们的尾巴上覆盖有重型盔甲般一片片相连的角质板。在树栖捕食者出现以前,因为会影响采集食物的效率,这种尾巴不利于生存,任何向着这种复杂结构进化的倾向都会迅速被自然选择淘汰掉。

蓝面猴

Armasenex aedificator

雄性蓝面猴生有用于防御的甲片和利爪。

猴豹

Saevitia feliforme

猴豹是蓝面猴的主要天敌。猴豹的攀缘能力不逊于猴子,能轻松抵达蓝面猴位于树顶的巢穴。与大多数猫科动物成员不同,猴豹的爪子能抓握。它们的尾巴末端还有一块无毛的皮肤肉垫,用于抓住树枝。

雌性和年幼的雄性蓝面猴既没有甲片也没有爪子。在猴群中，它们主要负责采集食物。

蓝面猴的树巢分为两层，分别是独立的食物储藏和生活空间。树巢上有着用树叶和小树枝搭建的完整屋顶。

但是，当无处不在的威胁降临，食物采集效率的重要性退居到安全之后，于是，向这个方向进化的适宜条件就出现了。

甲尾猴以树叶为食，行动迟缓，它们倒吊着，沿着粗树枝移动。当猴豹来袭时，它们就把整个身体垂下去，只留尾巴挂住树枝。这样它们就安全了，捕食者能接触到的唯一一个部分包裹着盔甲。

蓝面猴（Armasenex aedificator）则依靠集体的力量防御猴豹。蓝面猴群最多可达二十只，每个猴群都会在粗树枝上搭建堡垒似的大型巢穴。巢穴中空，由树枝和藤蔓编制而成，顶上覆盖着防水的浓密树叶，有几个出入口，通常位于树木主枝穿过巢穴的地方。大部分收集食物和建造巢穴的工作由雌性和年轻的雄性蓝面猴完成。成年雄性主要负责守卫巢穴，为此，它们进化出来了覆盖面部和胸部的盔甲，以及拇指和食指上的尖锐爪子。

雌蓝面猴有时会引诱路过的猴豹追逐它一路跑回巢穴附近，然后突然冲进安全的巢穴，猴豹却被强壮的雄猴拦下，面对能把它开膛破肚的利爪。然而，这看似毫无意义的行为可以为猴群带来新鲜的肉食。蓝面猴主要吃树根和浆果，但也很欢迎偶尔加点肉食。不过，只有缺乏经验的年轻猴豹才会上当而丧命。

森林地面

森林里阴暗的地面生活

与林冠层相比,热带雨林的地面黑暗、潮湿。只有很少的光线能穿过树冠的层层障碍到达地面。尽管地面上生长着许多灌木和草本植物,但并不茂密。虽然不断有树叶落下,土壤却十分稀薄。地面上的植物物质被微生物和白蚁不断消耗。白蚁在热带森林中随处可见,它们把植物残骸送入生态循环,作用类似于温带地区的蚯蚓。

白蚁是食蚁豚（*Formicederus paladens*）的主要食物来源。食蚁豚是非洲雨林地面上生活的少数几种大型哺乳动物之一。它们由猪进化而来,猪在雨林曾经很常见。食蚁豚吻鼻部狭长,上颌的獠牙在吻鼻部前端伸出嘴外,形成了坚硬的镐状工具,用于挖掘白蚁丘。食蚁兽的下颌牙齿和肌肉系统退化,嘴已经变成管状,从中伸出细长的舌头舔食白蚁。

另一种从猪进化来的动物是象鼻猪（*Procerosus elephanasus*）。象鼻猪体型较大,生活在相对稀疏的森林底层,以草和灌木为食。像人类时代的生物大象那样,象鼻猪有一根长长的鼻子,能够到4米高的枝叶,然后用上下长牙像剪刀那样把树枝和藤蔓剪断。虽然鼻子很长,象鼻猪的嗅觉却并不灵敏。因为密林中缺少风和空气流动,气味传不远,所以地面上其他哺乳动物的鼻子也不灵。象鼻猪依靠敏锐的听力来觉察危险,当有捕食者靠近时,它们就跑进更茂密

吸血猴用爪子紧紧抓在树干上,准备好了像飞镖一样扑向猎物。

食蚁豚 ▲
Formicederus paladens
食蚁豚是食虫动物，它用前爪和獠牙挖开白蚁的巢穴，然后用长舌采食白蚁。

象鼻猪 ▼
Procerus elephanus
象鼻猪以小群为单位生活，群体数量不超过8只。每群通常只有一只成年雄性。象鼻猪特别喜欢嫩枝嫩叶，长鼻子让它们在获取食物上比其他生活在地面的食草动物更具优势。

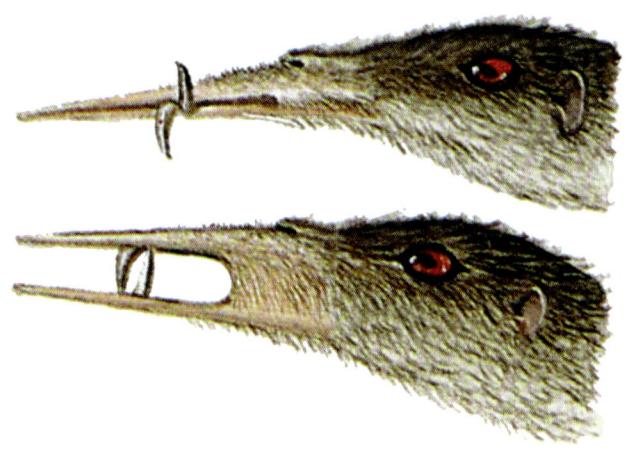

吸血猴上下颌各有两颗由犬齿变化来的倒刺。嘴巴闭合的时候，倒刺就像一根长牙。

的林地，把狭长的身体挤进树干之间的缝隙，然后静止不动，它们身上带有条纹的深色毛皮可以提供良好的伪装。

在非洲热带森林地区，还生活着一种小型哺乳动物——吸血猴（*Hirudatherium saltans*）。吸血猴长得像食虫动物或是小型原猴。它们是靠吸取大型哺乳动物的血液为食的寄生动物。吸血猴动作敏捷，经常成群地攀爬在树干或灌木枝条上。它们跳跃力惊人，能从树枝上跳出3米的距离，把针状的长嘴扎进猎物身体。吸血猴突出的犬齿就像是倒刺，让它在吸血的过程中不会从寄主身上脱落。同一只寄主身上可能会有多达10只吸血猴寄生，它们将持续吸血直到寄主虚弱不堪。

大量鸟类生活在热带森林中。从社群行为来看，最奇特的是大八色鸟（*Gallopitta polygyna*）。雄性大八色鸟体型大约是雌性的三倍，每只雄性每

一只动物也许一次会被10只吸血猴寄生。每只吸血猴都用倒刺似的牙齿和弯曲的爪子牢牢钉在寄主身上。

雄性大八色鸟整个繁殖季节都会守卫它的"后宫"。每只雌鸟都拥有单独的鸟巢。

年大约会与三到四只雌性配偶交配,这在鸟类中并不常见。每只雌鸟都会搭建一个鸟巢,鸟巢彼此相距不远,在繁殖季节,雌鸟依靠雄鸟提供食物。雄鸟保护所有"后宫",不仅要抗击捕食者,还要对付情敌。

水中生活

热带湿地生物

非洲沼泽地区最大的水生哺乳动物是河牛（*Phocapotamus lutuphagus*）。河牛的祖先是水生啮齿动物，不过，在平行进化的作用下，它们与已经灭绝的有蹄类河马形态相似。它们头部宽阔，眼、耳、鼻都在头上凸起，这样，当身体浸在水中时，也不妨碍眼耳鼻的使用。河牛只吃水生植物，它们宽阔的大嘴像铲子似的把水草铲进嘴里，或是用长牙把泥浆里的草刨出来吃掉。河牛身体很长，后足融合形成鳍状肢，与海豹相似。虽然河牛离开水后动作笨拙，但大部分时间它们都待在泥岸上，在岸上繁殖哺育后代。

河牛主要以挖掘河湖底部泥土中生长的植物为食。在陆地上，河牛把尾巴蜷在身下。

水猴（*Natopithecus ranapes*）虽不是完全适应水生生活，但在水中也活动自如。水猴是人类时代短肢猴（*Allenopithecus nigraviridis*）的后裔。它们的身体已经进化成青蛙状，后足有蹼，前肢长有长爪用于捉鱼，背脊凸出，便于在水中保持身体稳定。像河牛一样，它们的感觉器官也长在头部较高的位置。水猴主要以鱼为食，它们生活在河岸边的树上，从树上跳到河中捕鱼。

陆生动物演变成水生动物，一般最初都是因为要躲避陆地上的捕食者。水蚂蚁在沼泽或是水面安静的回水区建造木筏搭建巢穴或许也是出于这样的目的。水蚂蚁的巢穴由小树枝和植物纤维材料搭成，再涂抹

齿翠鸟并不是通常意义上的水鸟。它们不是用脚掌划水，而是用翅膀划水，这在水下相当实用。

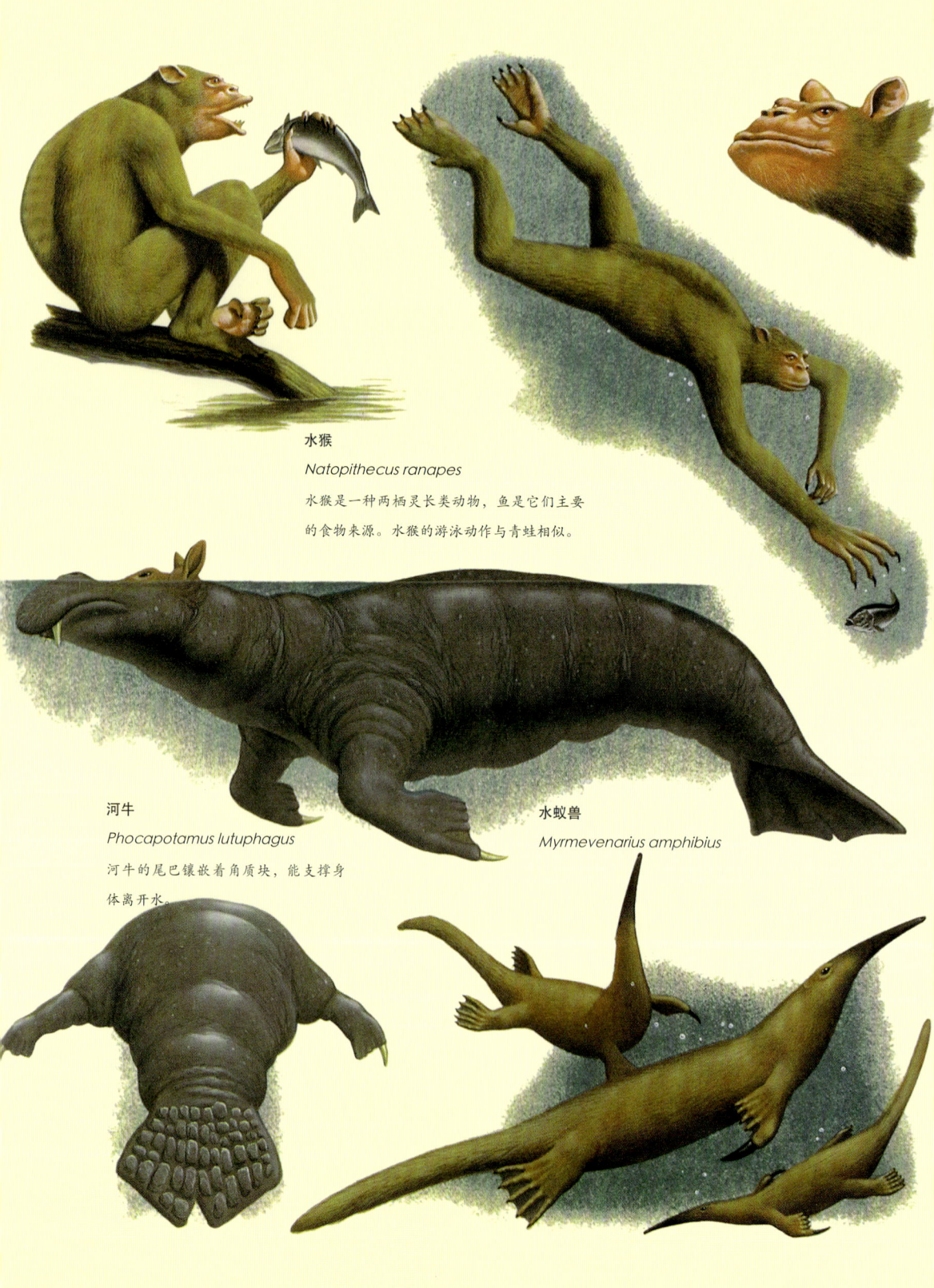

水猴
Natopithecus ranapes
水猴是一种两栖灵长类动物,鱼是它们主要的食物来源。水猴的游泳动作与青蛙相似。

河牛
Phocapotamus lutuphagus
河牛的尾巴镶嵌着角质块,能支撑身体离开水。

水蚁兽
Myrmevenarius amphibius

上泥浆和自身分泌物的混合物起到防水的作用。一系列复杂的浮桥和匝道把储存食物的浮巢和岸边相连。虽然水蚂蚁已经把巢搬到了水上，它们却依然躲不开会游泳的水蚁兽（*Myrmevenarius amphibius*）。水蚁兽和水蚂蚁是同步进化的。水蚁兽只在水蚂蚁周围生活。为了隐秘地靠近猎物，水蚁兽从水蚂蚁浮巢的下方攻击，用爪子撕开防水层。水蚂蚁巢穴在吃水线以下是分散的腔室，一旦漏水可以很快修好。捕食者从巢穴下方突袭，不会对整个蚂蚁群造成太大伤害，而在攻击中淹死的水蚂蚁已经足够捕食者填饱肚子了。

正常的颜色

繁殖期的颜色

在繁殖季节初期，为了吸引异性，齿翠鸟会改变鸟喙的颜色。

热带沼泽的河道两岸也常见吃鱼的鸟类，比如齿翠鸟（*Halcyonova aquatica*）。齿翠鸟的长喙上有着牙齿似的锯齿，是它们叉鱼的利器。虽然不像祖先那样善于飞行，能悬空，能潜水，但是齿翠鸟能用"水下飞行"的方式追逐猎物。捉到鱼后，它们会把鱼带出水面，吞进喉咙里的囊袋，带回鸟巢。

还有一种水鸟——树鸭（*Dendrocygna volubaris*）正处于改回祖先树栖生活习性的途中。尽管现在树鸭的外形依然与鸭子相似，但是它们的脚蹼正在退化，圆形的喙也更适合吃昆虫、蜥蜴、水果，而不是水生生物。树鸭依然会逃到水面上躲避捕食者，它们的雏鸟在成年前也会一直待在水上。

虽然树鸭的直接祖先是水鸟，但现在主要生活在陆地上。

盲懒
Reteostium cortepellium
在不同的树木和藤蔓植物上发现过数种盲懒，分别具有不同的皮毛花纹，以便于更好地融于环境。盲懒的幼崽安静地待在母亲腹部的育儿袋中。

蟒尾豹
Carnophilius ophicaudatus

澳洲森林

树栖有袋类和有袋类捕食者

澳大利亚次大陆位于遥远的东方，被一道巨大的山脉——远东山脉隔开，这道山脉极为广阔高大，甚至超过5000万年前巅峰时代的喜马拉雅山。

今天，澳洲区域有着宽阔的河流盆地，生长着茂密的热带森林——很难相信仅仅1亿年前，这块大陆还是南极大陆的一部分。当澳大利亚从南极大陆分裂出来，向北漂移时，哺乳动物的时代已经开始了。澳大利亚大陆上也生活着哺乳动物，这些哺乳动物几乎全都是有袋类——一种把幼崽放在腹部育儿袋里养育的动物。由于澳大利亚曾经长时间孤悬在外，所以有袋类大部分延续到了今天。而在世界其他地区，有袋动物逐渐被有胎盘类取代。有胎盘类是一种等到幼体出生时已经基本发育完成的哺乳动物。

人类时代，澳大利亚移动到了沙漠和热带草原的纬度，进化出了善于奔跑的和掘穴动物，如袋鼠（*Macropus* spp.）、袋熊（*Vombatus*）。人类时代后，澳大利亚继续北移，直到最近1000万年的某个时刻，它和主大陆撞到了一起，形成了今天成为隔离带的巨大山脉。虽然北大陆和澳大利亚之间有一些动物扩散交流，但由于巨大山脉的阻隔，这种交流很少。澳大利亚次大陆依然以有袋类为主，只不过，现在是适应热带森林的有袋类了。

就像以前一样，澳大利亚的有袋类进化出了和其

袋猴，一种有袋类猴子，群居树栖动物。它们尾尖无毛，卷尾适于抓握。

他地区相似环境里的有胎盘类哺乳动物类似的形态。袋猴（*Thylapithecus rufus*）就是一个典型的例子。这是一种有袋类猴子，具有善于抓握的手脚，相对的手指脚趾，卷曲的尾巴。它们的身体形态和世界其他地区的很多真正的猴子极其相似，非常适应树栖生活。

盲懒（*Reteostium cortepellium*）是一种类似于树懒的有袋类，比袋猴懒得多，几乎一生都倒吊在树枝或藤蔓上。这种动物全盲，以昆虫为食。昆虫受它们所在处藤蔓上的花朵香气吸引而来，然后被它们嘴里流出的长长的黏液粘住。盲懒有着朝下的大耳朵和敏感的胡须，能够感知到昆虫什么时候到来，什么时候应该垂下黏液。盲懒的毛发呈螺旋状纠结成簇，遍布寄生藻类，看上去完全融入周围的环境，它静止不动的时候，捕食者很难发现它。

盲懒需要小心翼翼地躲避有袋类捕食动物蟒尾豹（*Carnophilius ophicaudatus*）。蟒尾豹树栖，但是它们也能高效捕食生活在地面上的动物。它们埋伏在较低的树枝上，把强有力的卷尾垂下来，装作一根无害的藤蔓。当有动物毫无戒心地路过，就会被蟒尾豹的尾巴迅速卷住，窒息而死。蟒尾豹起源于澳洲的某种负鼠。

雌袋猴有两个育儿袋，分别在腹部两侧，幼猴不会影响母亲爬树。

澳洲森林地表

生活在森林底层的生物

澳大利亚次大陆广袤的热带森林中生活着很多在地面活动的有袋类,其中最成功、分布最广的是袋貘(*Thylasus virgatus*),对应胎盘动物里的貘。像貘一样,袋貘也是成小群在昏暗的森林地表游荡,用灵活敏锐的鼻子和突出的长牙嗅嗅刨刨,在薄薄的土层里寻找食物,身上的花纹有助于它们躲避天敌。

塔袋鼠(*Silfrangerus giganteus*)是澳大利亚森林中最大的动物,也是全世界热带森林中最大的动物。塔袋鼠直立的姿态和跳跃前进的方式,显露出了它们祖先是生活在平原上的袋鼠和小袋鼠。那时澳大利亚还主要是半干旱草原,袋鼠和小袋鼠非常常见。塔袋鼠体型如此之大,一眼看去,你会觉得它们无法适应热带森林这种空间有限的环境。然而,身高让它们能吃到别的动物够不到的枝叶。由于体型庞大,对它们来说,灌木和小树根本无法形成障碍。塔袋鼠在茂密的林地中行进,身后会留下明显的路径,袋貘等小动物会利用这些路径,直到被植物重新掩盖为止。

在澳大利亚次大陆上出现趋同进化的并不仅仅是有袋类。眼镜蛇一直是澳大利亚动物群落的重要组成部分,蛞蛇(*Pingophis viperaforme*)是眼镜蛇科某种蛇类的后裔,生活在北大陆其他盆地的加蓬蝰蛇和鼓腹巨蝰等蛇类属于长寿的蝰蛇科㗂蝰属(*Bitis*)的成员,但它们却进化出了相似的特点。

有毒的蛞蛇能从5～10米外扑向猎物。

蛞蛇的身体像蛞蝓。

塔袋鼠
Silfrangerus giganteus
塔袋鼠正在用长舌取食树叶。成年塔袋鼠站立时身高超过3米高,它们的尾巴肌肉有力,像第三条腿一样分担着体重。

袋貘
Thylasus virgatus
森林中的袋貘长有四颗长牙,两颗从上颌长出,两颗从下颌长出。袋貘用长长的鼻子搜寻土里的根茎和昆虫。

相似特征主要有两点：一是肥大、动作缓慢的身体，二是能很好地隐身于森林地面落叶中的花纹。蛞蛇的脖子长细，它们能保持身体几乎不动，仅靠头部捕食。蛞蛇捕猎的主要方式是潜藏，然后突然咬住猎物，注入毒液。只需一小会儿，毒素就能杀死猎物，开始起到消化的作用，最终，蛞蛇就能追上猎物开始吞吃。

澳大利亚园丁鸟的雄性为了吸引雌性，拥有令人惊叹的建筑技艺。蓝鹰园丁鸟（*Dimorphoptilornis iniquitus*）虽然外形低调，却也是此中高手。它们的巢是永久性的，门口有一个祭台似的结构。雌鸟孵卵时，外形像鹰隼的雄鸟会捕捉小型哺乳动物或爬行动物，放在祭台上，但这并非食物，而是用来吸引苍蝇的。雌鸟捕捉苍蝇，喂给雄鸟，好在漫长的孵化期都能吸引雄鸟的关注。卵孵化之后，又可以用腐肉中的蛆虫给雏鸟喂食。

雄性蓝鹰园丁鸟的体型比雌鸟小。

雄鸟把猎物串起，挂在巢外吸引苍蝇。

另一种有趣的鸟是长得像鼹鼠的蚁雀（*Neopardalotus subterrestris*）。蚁雀完全生活在地下的白蚁穴中，它们巨大的脚能挖开隔室，然后用长长的黏糊糊的舌头舔食白蚁。

蚁雀是一种没有翅膀的鸟。它们的羽毛细小，像哺乳动物的毛，长长的爪子和铲子似的鸟喙是挖掘白蚁巢穴的工具。

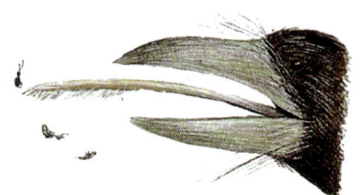

蚁雀的舌头上有刚毛状的突起。

第十章

岛屿和孤岛大陆

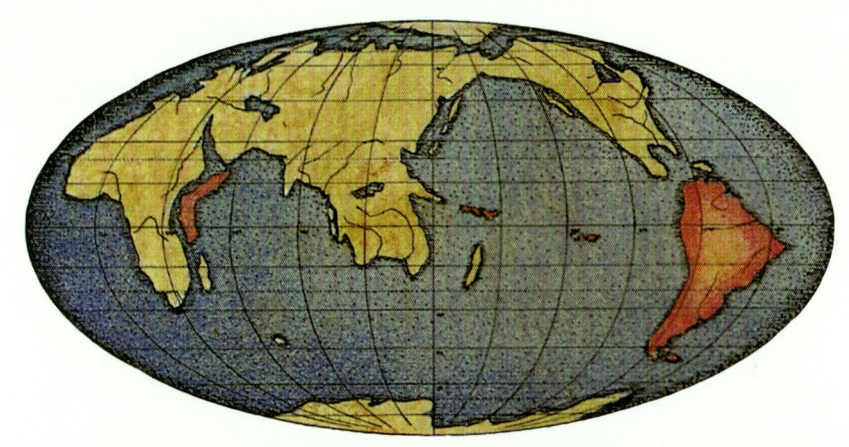

南美大陆和海洋中的利莫里亚岛、巴达维亚岛和帕考斯岛是地球上最重要的孤立环境。地理隔离赋予了这些区域迥然不同的动物群落。

隔离是重要的进化机制。当一群生物和原群体分离之后,因为没有了基因交流的可能性,它们的进化就独立于原有种群之外了。新的种群和环境相互作用,形态逐渐改变。如果环境中的天敌和竞争者不变,它们的进化路线就会和原种群类似。这种现象当动物被隔离在物种稀疏或甚至不存在动物的环境中时最为明显,大海中的岛屿是观察这一现象的最佳场所。

这里所说的种族隔离主要分为两种情况,每种都会产生不同的环境压力,导致不同的进化方向。

第一种情况发生在大陆分离的时候。后来种群会发生怎样的进化,很大程度上取决于分离之后两块大陆的动向。也许一块大陆向南,另一块向北,也许反之,导致大陆上的动物需要面对全新的气候和环境,必然会影响到动物的进化,最终将会出现全新的种属。爬行动物时代就发生过这样的事情,当时南美洲大陆和非洲大陆拥有相同的恐龙,之后两块大陆分开,各自进化出了完全不同的动物。

当漂移的大陆撞上另外一块大陆时，两个区域之间经常会发生大规模的动物交换。也许，一块大陆上的动物体系会完全被另一块大陆上的体系替代。较小的印度半岛陆块碰撞上亚洲大陆时就是这样的情况。

第二种隔离发生在全新的火山岛出现之时。在板块运动中，大部分相邻板块的活动发生在大洋里。大洋中脊是新板块诞生之地，海沟是旧板块消融之处。剧烈的地壳活动会产生地震和火山喷发，形成新的岛屿。

火山岛一开始没有生命，但是很快就会被生物体占据。风吹来的种子生根发芽，植物出现了。植物通常是第一批到达的居民，之后是昆虫。鸟类和蝙蝠这样具有飞行能力的动物是最早到来的脊椎动物。不久之后，其他哺乳动物也陆续到达，通常会是爬行动物和小型哺乳动物，它们也许是几百公里之外某次洪水的受害者，乘着漂浮的树干树枝而来。所有这些生物会与陆地上的同类走上各自独立的进化线，占据岛上所有的生态位。哺乳动物时代早期，南美洲西海岸加拉帕戈斯群岛上的生物变化，就是一个典型例子。这些岛屿上最初只有少数物种，但是最终发展出现大量全新生物，包括四只眼睛的鱼，海洋蜥蜴和巨型陆龟。对岛上的动物群落，尤其是各个岛屿之间相关物种的差异性的详细研究成为进化理论出现的契机。

南美洲的森林

大陆漂移对动物群落的影响

在哺乳动物时代的上半程,虽然存在一些原始胎盘类动物,但是,那时的南美洲基本上像澳大利亚一样是有袋类的乐土。然而,就在人类时代快要开始的时候,南美洲和北美洲之间出现了陆桥,两块大陆的动物开始接触交流。结果,北方来的更先进的胎盘动物几乎取代了南方所有的有袋类和原始胎盘类动物。北方的动物适应性更广泛,因为在之前的 5000 万年中它们承受了更大的自然选择压力,在诸如冰川时代或和亚洲动物群落交流之类的因素带来的环境变化下,它们不得不最大限度地去改变、适应。当南美大陆和北美撞到一起的时候,北美大陆上是一群适应能力非常强的动物。而同一时间的南美,环境长期保持稳定,几乎没有变化,因此南美的动物在适应环境的能力上就稍显逊色。澳大利亚的有袋类却并没有遭遇相似的命运。因为澳大利亚一路北移,环境不断改变,那里的有袋类更为坚韧,能够在澳大利亚撞上亚洲大陆之后的动物群落交流中幸存下来。

人类消失后 2000 万年,连接南北美洲的陆桥再次断裂,南美洲又一次孤悬在外。分离之后,南美大陆气候条件保持不变,因此动物也变化很少,这在南美的哺乳类捕食者身上体现得很明显。在南美大陆,捕食者的生态位依然由食肉目占据,而这一目的动物

飞鼬胸前竖起的尖刺是一种变形的毛发,在进化过程中,变成了现在这种钢针似的结构。它们悄无声息地滑向猎物,然后用胸前的尖刺刺穿猎物身体。

梅豹
Oncherpestes fodrhami
虽然很像猫科动物，但梅豹其实是獴的后裔。它们主要捕猎斑象鼠——一种杂食的啮齿类动物。

斑象鼠
Tapimus maximus

在其他大陆已经衰落。

南美热带雨林中最重要的捕食者是梅豹（*Oncherpestes fodrhami*），一种大型獴（*Herpestes*）。人类把它们的祖先獴带到了当时的南美北部地区，那时那里还是岛屿。很快，獴就泛滥成灾。当岛屿和南美大陆合并到一起后，獴向南扩散，进化成了现在这种美洲豹似的外形。它们的主要猎物是一种长着长牙的啮齿动物斑象鼠（*Tapimus maximus*）。斑象鼠主要在森林中的开阔地带进食。

另一种小得多的食肉目成员——飞鼩（*Hastatus volans*），祖先是一种树栖的鼩类。白天它们挂在树上，伪装成树皮。晚上在林间滑翔，捕捉夜行昆虫、蛙类和小型哺乳动物。它们的捕猎方式是用胸前竖起的尖刺刺穿猎物。这一区域最奇怪的鸟类之一是女王鸟（*Gynomorpha parasitica*）。这种鸟的雌鸟生活在地面上，体型比雄鸟大得多。雄鸟被雌鸟背在背上。雄鸟的翅膀和消化系统退化，完全寄生在雌鸟身

飞鼩有几个不同的种。每一种对应不同的栖身树种。

上，通过针形嘴吸食雌鸟的血液。雄鸟唯一的作用就是在繁殖期提供精子。这种关系源自种群的低密度。这种情况下，雌性拥有一只稳定的配偶要比每个繁殖期寻找一只更为有利。

雄性女王鸟体型很小，一生都寄生在雌性背上。雄鸟生有巨大的脚爪，翅膀尖上也各有一个单独的爪。

南美洲的草原

孤岛大陆上的进化

在整个历史中，南美大陆在板块运动的作用下一直主要向西移动，基本保持在相同的纬度。因此，南美的气候一直保持稳定，南美的动物进化也趋于保守。

在南美洲的早期历史上，南美草原，或称潘帕斯草原上也生活着善于奔跑的有蹄类，这些动物虽然和世界其他地方的类似，但却是完全独立进化出来的。南北美洲连接到一起之后，南美大陆的有蹄类和有袋类就消失了，被从北美大陆涌来的动物取而代之。然而奇怪的是，北方来的有蹄类并没有在南美草原存续下去，反而是人类时代出现的像长耳豚鼠（Dolichotis）、水豚（Hydrochoerus）这样的啮齿类动物更加成功。在这方面，南美大陆预示了善于奔跑的高级啮齿动物和兔形目动物在世界其他地区的崛起。

当南美和北方的超级大陆分开之后，啮齿类动物就各自独立进化了。南美草原上最主要的善于奔跑的动物是一种两足行走的食草动物，它们的祖先是一种跳跃的啮齿动物，原本生活在西部山区附近的雨影沙漠。在其他大陆的沙漠地区，虽然也独立进化出了后腿较长的动物，但是只有南美大陆的动物从跳跃前进转换成了两足奔跑。随着步态的变化，它们的体型变大了，牙齿也发生变化，从跳跃善咬的沙漠啮齿动物，变成了大步奔跑的草原食草动物。

奔兔头小，耳长，鼻孔宽。它们是两足奔跑动物，跑起来用脚上两根长脚趾的尖端着地。

梭兽也是两足动物，不过和奔兔不同的是，它们没有前肢帮助保持平衡，起到平衡作用的是尾巴。

奔兔
Cursomys longipes

奔兔是一种易受惊吓的动物，为了安全而群居，它们最多12只生活在一起。奔兔身上的花纹让它们的身形从远处看去变得模糊，降低被发现的概率。

梭兽
Anabracchium struthioforme

梭兽跑得非常快，只要它们能发现捕食者接近，就总能逃走。只有在它们低头觅食的时候才容易受到伤害。

因为奔兔和梭兽处于相似的生态位，它们在演化路程上殊途同归——虽然祖先不同，进化历程却极为相似。

这类动物中以奔兔（*Cursomys longipes*）分布范围最广。奔兔长得非常像澳大利亚以前的一种食草有袋类——袋鼠。奔兔，会结成紧密的小群在茂盛的草丛中吃草。兽群里要有足够的成员，才能保证大部分个体把头埋在草中的时候，永远有两到三只在警惕周围的危险。

这一类动物中最特化的是梭兽（*Anabracchium struthioforme*），它们也许是世界上最适应奔跑的动物。改为两足站立后，前肢就变得不那么重要，梭兽的前肢已经完全退化。它们后腿修长，身体呈球形，脖子和尾巴几乎等长，互相平衡，从而保持身体的中心在胯部。它们的头细长，眼睛较高，方面观察四周，就算在高草里吃草的时候，眼睛的位置也足以看到捕食者接近。

花面鸟（*Gryseonycta rostriflora*）是草原上最奇特的鸟类。它们嘴巴内部颜色和花纹像一朵花的花瓣，张开嘴的时候就像一朵绽放的花朵。这种精巧复杂的拟态，是为了欺骗昆虫，让花面鸟只要张开嘴就有食物送上门。由于热带草原上只有在水分充足时才会有花朵，所以花面鸟会跟随雨水季节性地迁徙。

花面鸟坐在草原上，张着嘴巴，此时正值中午，有很多飞行的昆虫。

利莫里亚岛

有蹄动物的堡垒

象山羚仅见于利莫里亚的平原。它们的巨角能生长到将近1米长，是它们的主要防御工具。为了防尘，象山羚的眼睛和耳孔都很小。

地幔深处的对流引起地壳运动，地壳运动又导致大陆漂移。地幔对流可能在大陆下方形成巨大的压力，最终撕裂大陆。

通常在将来会分裂的位置，先会出现一道细长的裂谷，伴随有大量的火山活动。裂谷两边的大地继续分开，中间出现海洋，海面逐渐扩大填补中间的缺口。1亿年前，马达加斯加岛从非洲大陆上分离的时候，就是这样一个过程。更近一些，整个东非分离出来形成利莫里亚岛也同样如此。

利莫里亚岛和非洲大陆分离之时，非洲的有蹄类还尚未被从温带来的兔鹿取代。于是，有蹄类在利莫里亚的草原上像在人类时代之前的非洲大地上一样繁盛。

象山羚（*Valudorsum gravum*）是最大的有蹄类。这种动物体型巨大，体长超过5米，身体矮圆，腿粗壮，与它们的远亲魁羚外形相似。贯穿整个脖颈背部耸立的背脊是它们身上最显著的特征，这道脊内部是脊椎上的棘突，背脊可能是用于调节体温的。

裂脊牛羚

Castragatus grandiceros

裂脊牛羚是上一个时代的遗民,它们是人类时代曾经广泛分布的有蹄类中为数不多的几个幸存者之一。

裂脊牛羚的背脊上可能同时生活好几对蝉鸟。它们的背上有两道平行的脊,蝉鸟的卵可以安全地放在两脊之间,被上面的硬毛保护起来。

裂脊牛羚是反刍动物,它们有四个胃,能最大限度地从食物中提取营养。

象山羚主要吃草和根，它们的角可以用来挖掘植物的根系。单纯吃草的是体型更小巧、移动速度更快的有蹄类，比如豚马（*Lepidonasus lemurienses*）。豚马的头部细长，眼睛几乎在头顶上，这种进化便于它们在吃草的时候同时保持对捕食者的关注。长颈羚（*Altocephalus saddi*）取食更高的植物，它们长长的脖子可以够到草原上树木的枝叶。

象山羚是利莫里亚生态环境中相当有价值的存在。在刨开土壤采食植物根茎的过程中它们也疏松了壤，刺激了植物的再生。

裂脊牛羚（*Castratragus grandiceros*）外形类似以前时代的羚羊，它们与蜱鸟（*Invigilator commensalis*）有一种有趣的共生关系。这种关系其实不过是哺乳动物时代早期鸟类和食草动物互惠关系的加强版。生活在草原上的鸟类经常伴随大型哺乳动物行动，捕捉被兽蹄惊起的昆虫，或从哺乳动物身上捉蜱虫和螨虫。食草动物也愿意它们待在身边，因为鸟类可以去掉它们身上的寄生虫，还会在捕食者接近时示警。而在裂脊牛羚身上，这种关系变得更加亲密了，鸟类已经不仅仅是在它们的背上停留，还在它们背上筑巢。裂脊牛羚的背上有两排从脊椎

豚马吃草，它们成群结队经过之后，更低矮的植物就会暴露出来，这是更小型的食草动物的食物。

上生长出来的脊，两道脊之间有一道沟，沟内生有硬毛，非常适合䴓鸟筑巢。也许会有几对䴓鸟同时住在一只裂脊牛羚的背上。在每年的特定时段，裂脊牛羚的腹部两翼还会长疣，流出的脓吸引苍蝇产卵。蛆虫出现的时候正赶上雏鸟孵化，给它们提供了现成的食物来源。作为回报，裂脊牛羚可以享受到常年的毛发梳理服务和捕食者接近时的预警。

长颈羚主要吃树叶和嫩枝，旱季时，它们会迁徙到热带森林的边缘。

巴达维亚群岛

蝙蝠之岛

除了"拇指",树懒蝠前肢的所有手指都融合在一起

尽管火山和火山岛经常在板块碰撞带出现,但是,在地壳上的"热点",也就是地下深处地幔活动强烈的上方,也会出现。火山直接形成在"热点"上方。当地壳远离地幔活动中心后,火山活动就会逐渐消失,旁边出现新的火山。随着时间的流逝,大洋中会产生一条以形成年代顺序排列的火山链。人类时代,夏威夷群岛就是热点作用的结果。而现在,太平洋上的一个热点正在制造巴达维亚群岛。

最早来到新岛屿上定居的脊椎动物往往是鸟类,但是在巴达维亚群岛,最早到达的脊椎动物却是蝙蝠。等到鸟类到达的时候,蝙蝠已经完全适应了岛屿环境,几乎没给鸟类留下什么生态位,所以鸟类一直没能在这里站稳脚跟。地面上有适宜的食物,又缺少天敌,很多蝙蝠变成在地面生活,填补了大量的生态位。

红花蝠(*Florifacies mirabila*)依然以昆虫为食,但是它们现在基本坐着不动。它们的耳朵和鼻子色彩鲜艳,模仿岛上的一种花朵。它们就坐在这种花中间,脸朝上,咬住任何一种打算落在它们脸上的昆虫。虽然是各自独立进化出来的,但是红花蝠的捕猎方式和南美洲的花面鸟很像,这是一个趋同进化的有趣例子。

不会飞的树懒蝠(*Arbovespertilio apteryx*)是

红花蝠
Florifacies mirabila

红花蝠的嘴周有一圈腺体,能分泌香甜的气味吸引昆虫。

夜魔蝠
Manambulus perhorridus

夜魔蝠强壮的前肢是从祖先的翅膀进化来的。而最初用来抓握的后腿,现在伸到了身体前方,变成了手。

水生的海蝠身体呈流线型，它们是从某种传统的飞行蝙蝠进化来的，过去的翅膀变成了短粗的鳍状肢。

在岸上，海蝠用尾巴和前肢跃动。休息的时候，尾巴蜷在身下。

一种杂食的树栖蝙蝠，它们像古时的树懒一样一生都倒吊在树上。树懒蝠主要以树叶为食，偶尔也用单爪挥刺，捕捉昆虫或小型脊椎动物。

海蝠（*Remala madipella*）生活在海岸，它们在珊瑚礁附近的浅水中捕鱼。海蝠的后腿、翅膀和尾巴都已经进化成了适宜游泳的器官，体表变得光滑，身体也变成了流线型。虽然还经过了一段地上跑的阶段，但它们也是从天上飞变成水里游，和企鹅的进化路径非常相似。

当其他哺乳动物在岛上安家之后，一大类生活在地面上的捕猎蝙蝠开始出现。它们用前腿走路，前腿也就是飞行蝙蝠的翅膀，蝙蝠用于运动的肌肉大部分都在这里。它们的后肢和后脚依然用来抓取东西，但是现在向前伸，垂在下巴下方。蝙蝠完全靠回声来定位猎物，所以它们的耳朵和鼻子进化很充分，眼睛却萎缩了。

这类蝙蝠中最大也是最可怕的一种是夜魔蝠（*Manambulus perhorridus*）。它们有1.5米高，晚上，它们成群在巴达维亚岛的森林中出没，尖锐的叫声回荡在林中。不论哺乳动物还是爬行动物，都逃不过它们的尖牙利爪。

帕考斯群岛

帕考斯啸鹟的进化和多样性

帕考斯群岛位于澳大利亚次大陆东面几千公里之外。在最近 4000 万年中，由于澳大利亚板块北移，太平洋板块西移，两大板块摩擦导致板块边缘地区出现了一连串火山岛，这就是帕考斯群岛，岛屿周围逐渐聚集了大量珊瑚。

岛上一开始只有火山灰和熔岩，之后植物和昆虫到来，然后又逐渐有了鸟类。最早到来的鸟是从澳大利亚被风吹来的金啸鹟（*Pachycephala pectoralis*）。金啸鹟作为相对原始的鸟类，从人类时代开始才发生了一些分化，在澳大利亚海岸附近的岛屿上已经出现了不同形状的鸟喙。然而，只有在生态位全然一片空白的帕考斯群岛，它们才真正发生了翻天覆地的变化，分化出了食虫、食种和食肉类的不同分支。

现在认为占领帕考斯群岛的金啸鹟种群的所有后裔都属于同一个属——岛鹟属（*Insulornis*），除了岛鹟（*I. harti*）和原始的祖先很相似之外，岛鹟属里的所有种都高度特化。

尖嘴岛鹟（*I. piciforma*）的鸟喙像凿子一样，可以穿透树皮，挖出虫子。它们的脚也发生了变化，让它们能够稳稳抓在垂直的树干上。尖嘴岛鹟的生活习性和北大陆已经灭绝的啄木鸟的极为相似。

吃坚果的钝嘴岛鹟
（*Insulornis macrorhyncha*）
厚重的鸟喙用于打开果壳。

吃昆虫的尖嘴岛鹟
（*Insulornis piciforma*）
有力的尖嘴可以穿透树皮。

钝嘴岛鹩（I. macrorhyncha）是一种长得像鹦鹉的鸟，以坚果和坚硬的种子为食。它们的鸟喙又大又沉，和与之相应的强健肌肉。这种鸟的脚和祖先一样，适于停在树枝上，不过为了和沉重的鸟喙平衡，它们的尾巴变长了。

而帕考斯岛上所有岛鹩都是它们长得像鹰隼的亲戚——鹰岛鹩（I. aviphaga）的猎物。和世界其他地区的猛禽相似，鹰岛鹩也具有弯钩状的鸟喙，双眼在前方，追逐中具有极高的机动性。

捕食者
（Insulornis aviphaga）
弯钩状的嘴可以撕开血肉。

除了鹰岛鹩之外，帕考斯岛上岛鹩的天敌就只有蛇，它们最初是从澳大利亚或是太平洋某个小岛上漂来的。岛鹩对于蛇类的恐惧，也被蛇尾鼠（Ophiocaudatus insulatus）利用，这是一种胆小的啮齿类动物，也是生活在群岛上为数不多的几种哺乳动物之一。它们尾巴上的花纹高度模拟了帕考斯捕鸟蛇（Avanguis pacausus）——这一带最活跃也是最危险的蛇类。当受到鸟类或其他任何动物的威胁时，蛇尾鼠就把尾巴伸出，摆成蛇类典型的威胁姿势，然后发出以假乱真的嘶嘶声。若是敌人被吓到，它们就飞速跑到灌木丛中去。

帕考斯捕鸟蛇是帕考斯金啸鹩最主要的捕食者。

蛇尾鼠的尾巴高度模仿捕鸟蛇的样子，来保护自己。

帕考斯金啸鹟
Insulornis spp.
鹰岛鹟被蛇尾鼠像捕鸟蛇一样的尾巴威慑住了。

蛇尾鼠
Ophicaudatus insulatus
受到威胁时,蛇尾鼠把尾巴伸出竖起,然后把身体藏在树枝之后看不见的地方。

除了一些无法概括的与世隔绝的环境，比如洞穴和岩石岛礁，我们已经描述了地球上所有主要的陆地环境，而略过了广袤的海洋。虽然人类消失以后，海洋也有变化，但是变化甚微，只有专家对其感兴趣。我们所描述的栖息环境并不是截然分明的，它们相互交融混合，某些动物，尤其是某些不那么特化的动物，会从一种环境游荡到另一种环境，很难说它们属于哪一种特定的环境。

任何一种对某一阶段动物的描述，都是一个不断变化的三维系统的二维截面，生命依然在不停地进化改变。进化是持续发生的，在这个过程中一直有新物种渐渐出现，旧物种渐渐消亡。

第十一章
未 来

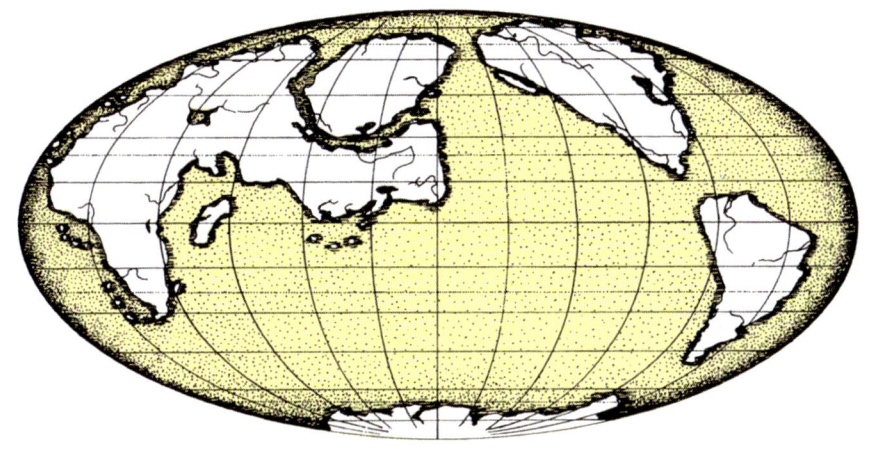

人类灭亡1亿年之后的地理情况很难预测。但是,借助板块知识,我们可以在诸多可能之中推测出一种概率较大的海陆分布。

地球很可能还会继续存在 50 亿年,只要地球还存在,生命就将延续。在未来漫长的时间里生命会如何进化,现在还不得而知,但是有件事我们可以确定:动物和植物都不会保持现在的样子不变。上述时代之后的新纪元将会深深受到地壳永不停息的运动的影响。在接下来的几千万年里,大西洋的宽度将达到最大,之后开始收缩,南北美洲又会向欧洲和非洲次大陆靠拢。北大陆的西岸也许会产生深深的海沟和新的褶皱山脉,白令海峡将会再次打开。北美大陆又一次变得孤立,也许会产生新的动物。在这段时间内,北美大陆下方很有可能会出现新的地幔柱,把陆块撕裂开。大陆也许会沿着当年碰撞连接到一起的痕迹撕裂,比如印度次大陆北部的乌拉尔山脉或喜马拉雅山,也可能会撕开一条全新的裂口。澳大利亚可能会继续向北移动到北大陆的东部,可能还会与北大陆分离,再次把本土的动物和主大陆的隔离开来。在较晚的阶段,南极洲会离开已经停留了很久的极地地区,移动到气候更加温和的区域,于是,又一块动植物可以占领的处女地出现了。

生命的宿命

在遥远的未来,生命将不可避免地发生重大变化,而植物的进化是这一变化的先驱。正如我们所见,植物进化的速度要慢于动物,但是如果植物发生了进化,将会深刻地影响动物。植物踏上陆地使得动物得以离开海洋。开花植物的出现,导致了社会性昆虫的进化。曾经占据统治地位的蕨类和苏铁类植物被阔叶植物取代,导致了大型爬行动物的消失和哺乳动物的兴起。

世界植物体系的下一次重大变化也必将会导致动物的重大变革。植物的变化不太可能很简单或很明显,所以几乎没法预测。但是,其中必然会包括让植物繁殖系统更加高效的改变。如果植物的种子和果实被其他结构替代了,那么以此为食的鸟类和啮齿动物将会无可避免地走向灭亡。而其他生物将会进化出来利用这种新结构,新的共生关系将会出现,新的繁殖器官为动物提供食物,动物则为植物受精或种子传播提供帮助,类似以前鸟类和种子的相互作用:鸟类吃掉浆果,果实里的种子通过鸟类的消化系统排泄出来,既远离了母体又得到了养分。

和植物进化无关的全新动物也会出现。新动物也要依靠更为复杂的生殖系统来获得相对其他已存动物的优势。感觉系统也很可能再次进化,让动物能够更敏锐地感知周围环境。而解析更高级的感觉系统带来的信息会要求智力的增长,也许像人类这样高智力的动物会再次出现。这种进化也许会发生在现在最高级种群中不那么特化的动物身上,比如哺乳动物中的食虫类,或是鸟类中的乌鸦,也有可能发生在我们身边某种非常普通的动物身上,虽然它们现在非常不起眼。哺乳动物终究会在大约1亿年的时间里步上恐龙的后尘。虽然新出现的物种将会占据统治地位,但无论怎么样,现在的主要动物类群依然会存在,就像尽管爬行动物辉煌的时代已经过去,但直到今天爬行动物依然随处可见。

人类时代末期发生的那种大规模的生物灾难将会再度发生,大量动物灭绝,之后幸存者将快速繁衍进化,取代它们的位置。虽然会对环境和生态系统造成短暂的严重破坏,但是这种灾难对于生命整体来说并不会有长期危害。

非生物性的物理灾难也可能发生，比如大颗的小行星撞击地球。如果小行星足够大，将引起大爆炸，导致大量灰尘遮天蔽日，地表光照强度大幅降低，持续数年。植物生长变得困难，食草动物的数量减少，食肉动物的数量更是剧减。

以前，新型动物的出现对应着新型植物的出现。植物在动物登陆之前出现（A）。开花植物出现的同时进化出了社会性昆虫（B）。地球上到处都是巨大的蕨类和苏铁植物组成的遮天蔽日的森林时，是恐龙繁盛的时代（C）。而当阔叶树出现时，恐龙就被哺乳动物替代了（D）。所以将来动物的进化将很可能会和植物的变化一致。有可能将来植物会降低种子数量，一棵植物只产生一个后代。在这种假设下（E），树木的种子虽然和从前一样受精，但是却不会掉落到地面上，而是成熟之后就在母树上开始生长。只有当食草动物将它们移动到有阳光直射的地方，它们才开始长出根系，发育成熟。

太阳系中行星际尘埃增多，到达地球的太阳辐射减少，也会产生类似的效果。这类事件的气候影响将会非常深远。地球表面温度降低，两极冰盖甚至曼延到赤道。过去，每当这样的冰期发生时，动植物都会发生进化以抵御严酷的环境。

足够巨大的物体产生的冲击波也许会改变大气成分，毫无疑问，这一变化会引起广泛的物种灭绝，甚至导致整个陆地变得荒芜。然而，不管大气组成如何改变，总有一些生物能够幸存。即使幸存的生物不过是简单的单细胞生命——生命的本质，就像我们看到的那样，能够进行自我复制，填充任何空白的生态位。进化将会再次发生，海洋里将会再次变得生机盎然，陆地上也会再次出现生命。

(A) 0年
    太阳系起源。
(B) 12.5亿年
    生命的起源——最早的生命出现。
(C) 44.3亿年
    化石记录的起始——海洋里出现了最早的硬壳生物。
(D) 45.7亿年
    陆地出现生命——鱼类和最早的陆生动物出现。
(E) 47.2亿年
    爬行动物时代的开端——开始出现最早的陆生脊椎动物
(F) 49.35亿年
    哺乳动物时代的开端——哺乳动物取代爬行动物成为最主要的动物类型。
(G) 50亿年
    人类时代——地球上短暂出现了智慧生命。
    工业和农业造成巨大影响。
(H) 50.5亿年
    后人类时代的动物——不受人类干涉自由进化的动物再次遍布全球。
(J) 100亿年
    地球毁灭——太阳膨胀成为红巨星，吞噬内行星。

地球保持现今的状态已经50亿年了，它还将继续存在50亿年。生命最早出现于地球形成的10亿到15亿年后，并将一直存续，直到地球临近毁灭之时。但生命的未来却并不清晰，只有通过回顾生命的历程，我们才能推测今后50亿年中生命的进化方向。

我们无法预见这次新出现的生命将会是何种形态，但是我们可以肯定的是，新动物将会和我们现在已知的物种完全不同。基因发展的可能性是无限的，最后成型的只是无限个可能组合中的一个。趋同进化也无法重现我们熟悉的那些动植物，因为从进化的主干开始就不同，生态空位也不会和我们今天所知的一样。更大的小行星甚至能破坏地壳结构，但是灾难越大，在今后的 50 亿年中发生的可能性就越小。

50 亿年后，太阳将会用尽所有的氢，内核坍缩，表面冷却。太阳的氦将会开始发生反应，引起太阳膨胀，亮度增强几百倍。此时是地球生命的末日。此时温度上升到支持生命体存在的有机反应无法进行，海洋将被蒸发一空，大气层也将被剥离。太阳，这时已经是红巨星，还会继续扩张，它将会吞噬包括地球在内的所有内行星。不久之后，所有能支持核反应的物质消耗一空，太阳将会很快地（以地质时间尺度来看）坍缩成原大小的几分之一。在坍缩过程中，它在重力的作用下继续发光，成为白矮星，直到所有能量用完，变成一块黑暗冰冷的块体——黑矮星。行星们，如果它们那时还在，只不过就是黑暗的球体，没有水没有大气，没有可能再次产生生命。

然而，在地球上产生生命的化学和物理反应将在其他星系的行星中再次发生，或者很可能已经发生了。那里的生命会以符合当地环境条件的路线进化，尽管那里有怎样的条件，生物会如何进化以适应环境，我们都无法想象，但几乎可以肯定的是，宇宙里一定永远有生命存在，也许在这里，也许在那里。

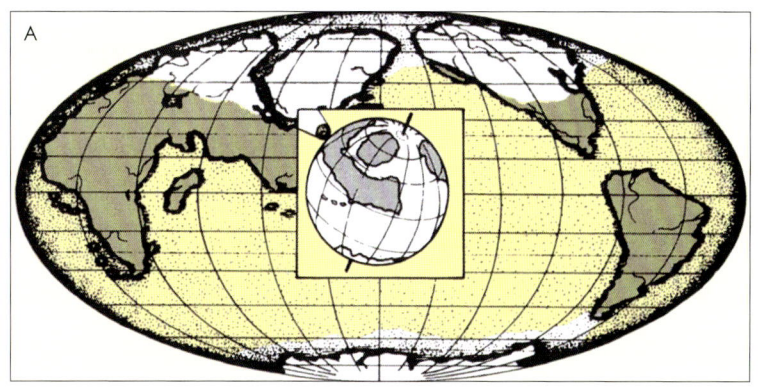

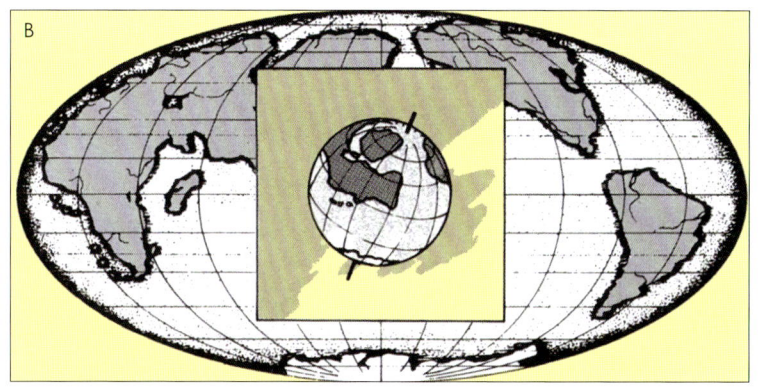

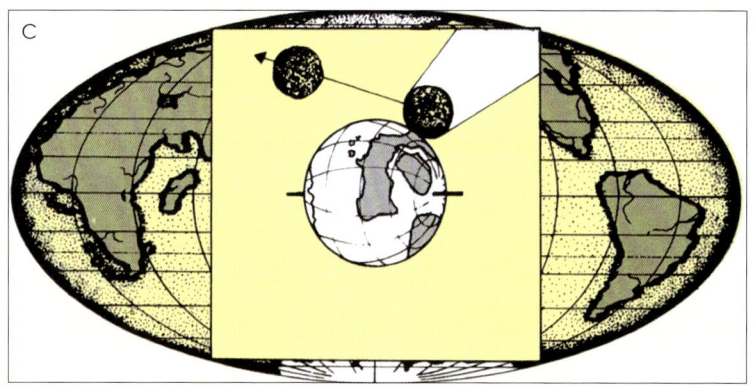

我们可以想象一系列不同强度（发生的可能性也不同）的物理事件对地球气候、进而对动植物的不同影响。像一次较大的小行星撞击这样的事件（A），将会卷起大量尘埃进入大气层，遮住阳光，导致冰盖暂时性的扩张。如果阳光被遮挡几千年，那就是更严重的事件了。当地球被行星际尘埃包围就会发生这种情况（B）——冰盖将会覆盖整个地球。在最不可能发生的极端情况下，宇宙碰撞大到改变了地球轨道和倾斜角度（C），将会造成无从预测的永久性灾难。

附 录
术语表

适应性辐射（Adaptive radiation）：单一物种进化成一系列填补各种空白生态位的新物种。见巴达维亚群岛的蝙蝠（见166页）。

艾伦法则（Allen's rule）：南北向分布广泛的同一类动物，靠近极地的种或亚种身体突出部分较小。见温带地虎（见55页）和北极地虎（见88页）。

贝氏拟态（Batesian mimicry）：无害的物种模拟有毒或不可食的物种，从而获得安全上的好处。参见缪勒拟态。见蛇尾鼠（见170页）。

伯格曼法则（Bergmann's rule）：分布范围广泛的同一类动物，靠近极地的种或亚种体型较大。见兔鹿（见49页）。

臂行（Brachiation）：用手臂摆荡身体前行，这是树栖灵长类的一种运动方式。见非洲卷尾猴（见133页）。

巢寄生（Brood Parasite）：动物生活在其他类动物的巢中并得到巢主人的保护和喂养，直到完成整个发育的现象。见北极鹊（见90页）。

啃牧者（Browser）：吃树叶和嫩枝的动物。见象鼻猪（见139页）。

食肉动物（Carnivore）：广义的食肉动物，指的是吃肉的动物，包括掠食动物和食腐动物。狭义的食肉动物则专指食肉目动物。见狮鼬（见74页）。

渐变群（Cline）：一系列亚种。见海游雀（见92页）。

共栖（Commensalism）：生活在一起或分享相同食物来源，互利互益。这种关系对于参与者并非生存必要条件。参见寄生和共生。见极地鼠和小雷鸟（见91页）。

趋同进化（Convergent evolution）：源自不同祖先的生物进化出相似的生理学或解剖学结构。见红花蝠（见166页）和花面鸟（见161页）。

反荫蔽（Countershading）：动物的身体上表面比下表面的颜色深。反荫蔽破坏了自然的光影模式，使动物不易被发现。见横齿兔鹿（见119页）。

齿列（Dentition）：牙齿的数量、类型和排列。鱼类、两栖类、爬行类的牙齿大小形状均相同。

　　哺乳动物拥有多种不同的牙齿：门齿（前牙）用于切断或咬住食物，犬齿用于穿刺，前臼齿和臼齿（后牙）用于磨碎和切断食物。

两性异形（Dimorphism, sexual）：同一物种的两性之间在结构和外表上差异显著。见女王鸟（见157页）。

生态位（Ecological niche）：一种动物在环境中占据的位置。生态位决定了动物的生活方式，比如树栖、食草等等。

进化（Evolution）：从早期形态中进化出新物种的过程，也指某种动物的解剖学特征发生变化的过程。可参考：

同功：由不同结构进化出来的具有相似形状或功能的特征。见河牛（见 143 页）和海鼠象（见 94 页）的尾巴。

同源：有着共同起源但未必具有相同形状或功能的特征。见海蝠（见 168 页）的鳍状前肢和夜魔蝠（见 168 页）用于行走的前腿。

退化：特征或生物体比历史上的状态更简单。见食蚁豚的牙齿特征（见 139 页）。

原始：在进化历程中保留下来的简单特征。见猎鼠的尾巴（见 54 页）。

复得：已经消失的某项祖先曾经具有的特征，在之后的进化阶段中再次出现。见伶仃兽的颈椎数（见 65 页）。

属（Genus）：包含一组相关物种的生物分类单元。

食植者（Grazer）：以草为食的动物，参见啃牧者。见豚马（见 164 页）。

食虫动物（Insectivore）：以昆虫为食的动物。狭义则指食虫目的动物。见沼鼩（见 65 页）。

无脊椎动物（Invertebrate）：没有脊椎的动物。

有袋类（Marsupial）：幼体出生时发育不完全的哺乳动物。绝大多数有袋类的幼崽会在母亲腹部的育儿袋中成长。参见有胎盘类。见袋猴（见 148 页）。

缪勒拟态（Mullerian mimicry）：多种有毒或不可食用的生物具有相似的外观以共同获益。参见贝氏拟态。见沙漠捕食动物（见 109 页）。

自然选择（Natural selection）：动物需要保持适宜生存的状态。

手指相对（Opposability [fingers]）：同一只手上的一个指尖可以碰到其他手指。见猴豹（见 137 页）。

杂食动物（Omnivore）：既吃植物又吃动物的动物。

平行进化（Parallel evolution）：具有亲缘的动物进化出相似的解剖学或生理特征。见魁羚（见 123 页）和象山羊（见 162 页）。

寄生（Parasitism）：一种生物直接从另一种生物获得营养物质，却并不为寄主带来益处。参见共栖和共生。见吸血猴（见 141 页）。

翼膜（Patagia）：滑翔动物身体上类似翅膀的皮肤。见翔猴（见 135 页）。

光合作用（Photosynthesis）：植物利用阳光把无机物转化为食物的过程。

有胎盘类（Placentals）：具有胎盘的哺乳动物，母体子宫内的胚胎通过胎盘获得营养。参见有袋类。

浮游生物（Plankton）：漂浮在水中的动物和植物，大部分非常微小。

板块构造学（Plate tectonics）：对构成地壳的板块的研究。

捕食者（Predator）：主动猎杀其他动物为食的动物。见夜魔蝠（见 168 页）。

捕握（Prehensile）：通常指尾巴能抓住物体。见非洲卷尾猴（见 133 页）。

灵长目（Primates）：包含猿类和猴类的一类动物。

原猴亚目（Prosimians）：包含狐猴科和懒猴科的一类灵长目动物。见甲尾猴（见 137 页）。

食腐动物（Scavenger）：以其他动物尸体为食的动物。见秃獴（见 129 页）。

共生（Symbiosis）：生物间密切联系、互有益处地共同生活在一起的现象。参见共栖和寄生。见裂脊牛羚和蜱鸟（见 164 页）。

有蹄类（Ungulate）：广义上指长有蹄子的动物，狭义指奇蹄目和偶蹄目动物。见利莫里亚岛（见 162 页）。

脊椎动物（Vertebrate）：具有脊椎骨的动物。

肉垂（Wattle）：鸟类颈部的垂肉。见赤颈珍珠鸡（见 122 页）。

进化树

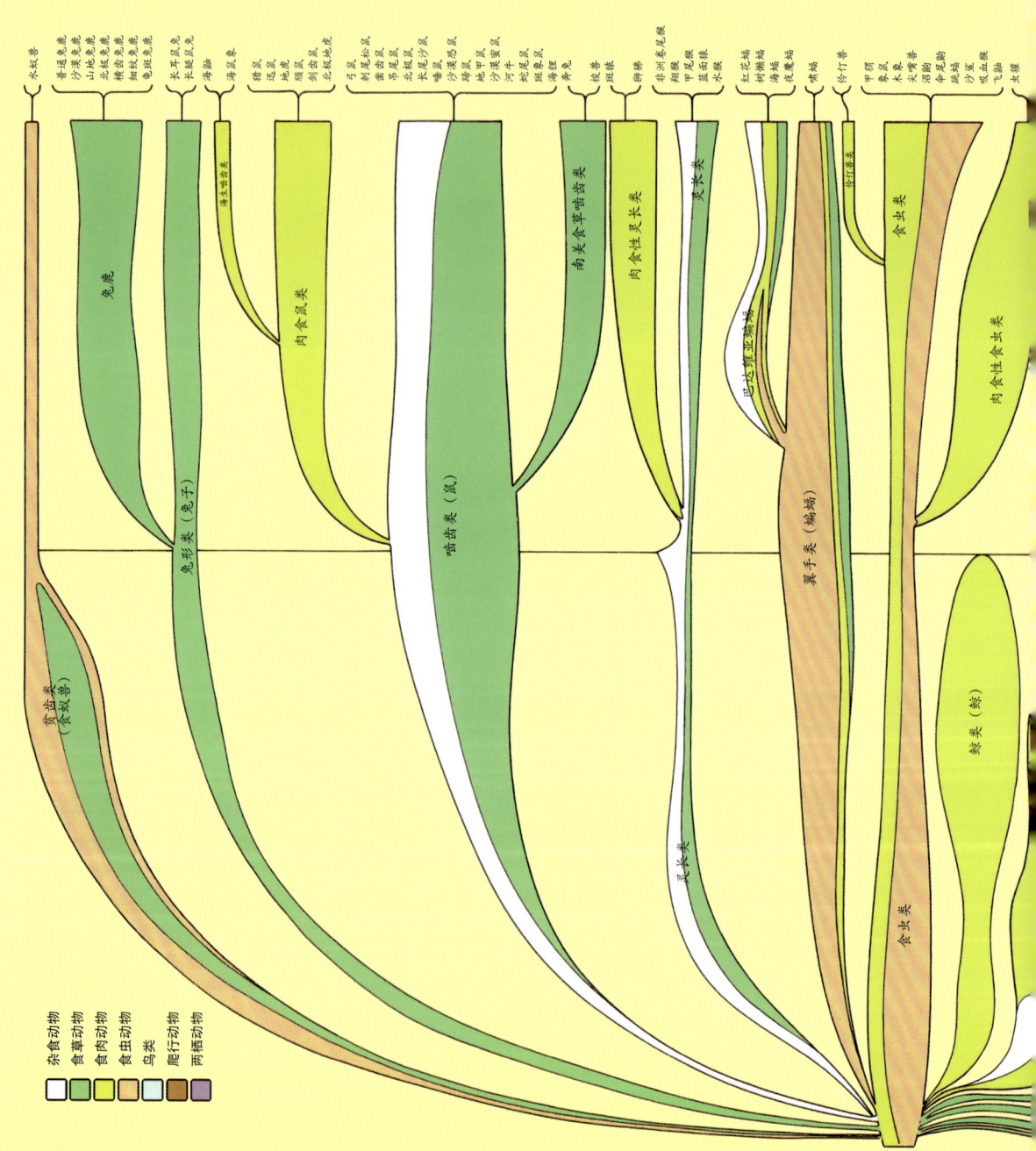

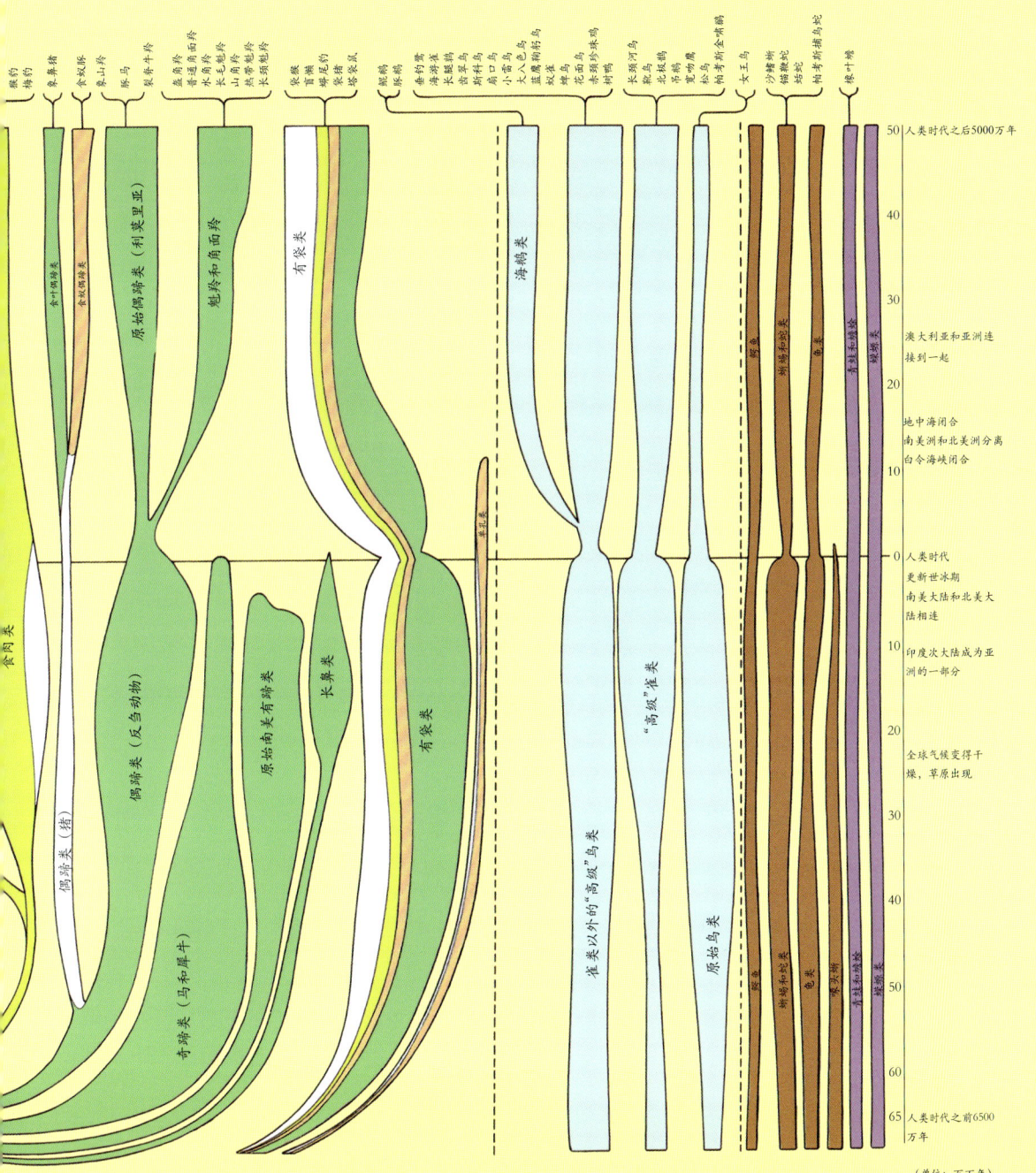

关于作者

杜格尔·狄克逊（Dougal Dixon），著名科学作家，他拥有150余个头衔，大部分集中于化石、恐龙和进化领域。

狄克逊曾在英国圣安德鲁斯大学学习地质学和古生物学，研究生期间参与了不列颠群岛古地理学标准的修订工作。毕业后，他开始从事出版工作，在伦敦的一家百科全书出版社担任地球科学编辑，综合发挥他的科学素养和艺术爱好。在工作实践中，他到过加拉帕戈斯群岛，走访过非洲塞伦盖蒂平原，在美国蒙大拿州参加过三期剑龙发掘，还参观过世界各地的许多重要化石遗址。

《人类灭绝之后》是他的第一本书，出版于1981年，被誉为开创了推想进化学流派。1990年，这本书在日本被改编为两小时的特别节目（可在YouTube上观看）。20世纪80年代中期，日本和美国还举办过关于本书的电动模型巡回展。在该领域，他还参与过"未来狂想曲"（*The Future is Wild*）电视系列节目的制作，在德国明斯特的威斯特法伦马匹博物馆（Westfälisches Pferdemuseum）举办过一次展览，在日本大阪松下总部做过巨幕展示。他已经出版的书还有《新恐龙》（*The New Dinosaurs*），书中设想了如果没有小行星撞击地球，恐龙会如何继续进化发展。另一本书《绿色世界》（*Greenworld*）则是把场景设定在外星，探讨文明和自然的相互作用，该书还尚未出版。

狄克逊和妻子琼住在英国多塞特郡的韦勒姆（Wareham）。在那里，他夜间管理镇上的电影院，大部分业余时间用于制作电影和动画。

写一本关于进化将如何发展的书，并非狄克逊一时兴起，从大学时代起，这个想法就一直萦绕在他的脑海中。

参考书目

Bourlière. F., *The Natural History of Mammals*, George G. Harrap（London, 1955）

Cloudsley-Thompson, J.L., *Terrestrial Environments*, Croom Helm（London, 1973）

Colinvaux, P., *Why Big Fierce Animals Are Rare*, Allen & Unwin（London, 1978）

Dawkins, R., *The Selfish Gene*, Granada（London, 1978）

Gotch, A.F., *Mammals – Their Latin Names Explained*, Blandford（Poole, 1979）

Gould, S.J., 'What's Wrong With Marsupials?', *New Scientist*, Vol. 88, No. 1221（1980）

Halstead, L.B., *The Pattern of Vertebrate Evolution*, Oliver and Boyd（Edinburgh, 1969）

Hoyle, F. & N.C.Wickramasinghe, Lifecloud, *The Origin of Life in the Universe*, J.M. Dent（London, 1978）

Koob, D.D. & W.E. Boggs, *The Nature of Life*, Addison-Wesley（Reading, Massachusetts, 1972）

Kurtén, B., 'Continental Drift and Evolution', *Scientific American*,（March, 1969）

Lawrence. M.J. and R.W. Brown, Mammals of Britain: *Their Tracks, Trails and Signs*, Blandford（Poole, 1974）

Mitchell, J. (ed.), *The Natural World* volume of *The Mitchell Beazley Joy of Knowledge Library*, Mitchell Beazley（London, 1977）

Perry, R., *Life in Forest and Jungle*, David & Charles（Newton Abbot, 1976）

Rostrand, J., *Evolution*, Prentice Hall（London, 1960）

Simon. S &. S. Bonners, *Life on Ice*. Watts（London, 1976）

Simpson, G.G., *Splendid Isolation: The Curious History of South American Mammals*, Yale University Press（New Haven and London, 1980）

Stebbins, G.L., *Processes of Organic Evolution*, Prentice Hall（New Jersey, 1977）

Young, J.Z., *The Life of Vertebrates*, University Press（Oxford, 1962）

参考资料

Beerbower, J.R., *Search for the Past*, Prentice Hall（Englewood Cliffs, N.J., 1968）

Benes, J., *Prehistoric Plants and Animals*, Hamlyn（London, 1979）

Bramwell, M. (ed.), *The World Atlas of Birds*, Mitchell Beazley（London, 1974）

Carthy, J.D., *The Study of Behaviour*, Edward Arnold（London, 1979）

Clark, D.L., *Fossils, Palaeontology and Evolution*, Wm. C. Brown（Dubuque, Iowa, 1968）

Dietz R.S. & J.C. Holden, 'The Breakup of Pangaea', *Scientific American*（October 1970）

Fenton & Fenton, *In Prehistoric Seas*, George Harrap（London 1964）

Gillie, O., *The Living Cell*, Thames & Hudson（London, 1971）

Mackean, D.G., *Introduction to Genetics*, John Murray（London, 1977）

Moore, R., *Evolution*, Time-Life（London, 1973）

Pfeiffer, J., *The Cell*, Time-Life（London, 1972）

Phillipson, J., *Evolutionary Energetics*, Edward Arnold（London, 1966）

Romer. A.S., *The Vertebrate Story*, University of Chicago（Chicago, 1959）

Scott, J., *Palaeontology*, Kahn & Averill（London, 1973）

Spinar, Z.V., *Life Before Man*, Thames & Hudson（London, 1972）

Swinnerton, H.H., *Outlines of Palaeontology*, Edward Arnold（London, 1947）

Whitfi eld, P. (ed.), *The Animal Family*, Hamlyn（London, 1979）

第 24 页的插图基于剑桥大学出版社版本的《圣经》（1663 年印刷）改编。

图书在版编目（CIP）数据

人类灭绝之后：未来世界动物图鉴/（英）杜格尔·狄克逊著；高瑞雪译. -- 天津：天津人民出版社，2020.4（2022.10重印）

书名原文：AFTER MAN

ISBN 978-7-201-15720-7

Ⅰ.①人… Ⅱ.①杜…②高… Ⅲ.①幻想小说—英国—现代 Ⅳ.①I561.45

中国版本图书馆CIP数据核字(2019)第280693号

Copyright © Dougal Dixon 1981, 2016
Chinese translation rights in simplified characters arranged with EDDISON BOOKS LTD
All rights reserved.

本书中文简体版权归属于墨白空间文化科技（北京）有限责任公司
著作权合同登记号：图字02-2019-413号
地图审图号：GS（2020）261号

人类灭绝之后——未来世界动物图鉴
RENLEI MIEJUE ZHIHOU——WEILAI SHIJIE DONGWU TUJIAN

［英］杜格尔·狄克逊 著　高瑞雪 译

出　　版	天津人民出版社	出版人	刘　庆
地　　址	天津市和平区西康路35号康岳大厦	邮政编码	300051
邮购电话	（022）23332469	电子信箱	reader@tjrmcbs.com
出版统筹	吴兴元	编辑统筹	周　茜
责任编辑	张　磊	特约编辑	钟雪娴　康嘉瑄
营销推广	ONEBOOK	装帧制造	墨白空间·杨　阳
印　　刷	北京盛通印刷股份有限公司	经　销	新华书店经销
开　　本	720毫米×1000毫米 1/16	印　张	12.5印张
字　　数	75千字		
版次印次	2020年4月第1版 2022年10月第4次印刷		
定　　价	88.00元		

后浪出版咨询（北京）有限责任公司 版权所有，侵权必究
投诉信箱：copyright@hinabook.com　fawu@hinabook.com
未经许可，不得以任何方式复制或者抄袭本书部分或全部内容
本书若有印、装质量问题，请与本公司联系调换，电话010-64072833